あやかし嫁取り婚
～龍神の契約妻になりました～

椿　蛍 Hotaru Tsubaki

ALPHAPOLIS
WEB CITY SINCE 2000
アルファポリス文庫

https://www.alphapolis.co.jp/

序章

私は出会って間もない相手と結婚した——人ではないと知りながら。

春だというのに寒い日で、桜の蕾《つぼみ》はまだ固く、咲く花の少ない庭で松葉の濃い緑だけが色を添えている。

花の代わりに舞う雪は水を多く含んだ牡丹雪《ぼたんゆき》。

雪は静かに、春の訪れが近いことを教えていた。

正絹の白無垢と同じ色をした雪が庭を埋めていく。

「見合いもしないで、娘を嫁にやるらしいな」

「おおかた金に目が眩《くら》んだのだろう」

お酒を飲み、酔いが回った招待客たちは騒がしい。

ずっと外を眺めているわけにもいかず、座敷の宴席のほうへ視線を戻した。

座敷には家紋入りのお膳が並び、郷戸《ごうど》家自慢の煮しめや漬け物が彩りよく重箱に詰められている。

お膳の料理とは別に振る舞われる重箱の料理は、私の母が作ったものではなく、郷戸家で働いている女中たちによって作られたものだ。

私の視線は重箱の中身ではなく、金蒔絵《きんまきえ》が施された黒塗りの重箱へ向けられていた。

重箱の文様は松。

笹の緑、桜エビの紅《あか》、青い魚を酢でしめた押し寿司が盛られた大皿の文様は菊文《きくもん》、八重菊。

――ひとつ、ふたつ、みっつ。

気持ちを落ち着けるように、文様を数えた。

文様とは、美術品や装飾品などに施された図案や図柄のことをいう。

文様にはそれぞれ意味があり、私が身につけている白無垢の鶴も文様のひとつ。

鶴は一度夫婦になったら離れない。

そんな意味があるから、白無垢の柄に選ばれる。

長い宴席にやることもなく、文様を眺めていると、招待客たちの話し声が聞こえてきた。

「前触れもなく祝言を挙げるとは驚いた。東京から去年の秋に戻ってきた子だろ？戻ってきたばかりだってのに、急すぎないかい？」

「上の子は養女にやった子だからな。今さら返されても困るさ。結婚は体《てい》のいい厄介払いだろう」

「やった途端、向こうで跡継ぎが生まれるなんてなぁ。運の悪い子だ」

――私はいらない子だ。

両親の私への情は薄い。

私を育ててくれた祖父母が他界し、東京にある祖父母の家から郷戸へ戻った今も私の名は郷戸世梨《せり》ではなく、本宮《もとみや》世梨のまま。

幼い頃、どうか捨てないでと、両親に泣いて縋《すが》った記憶が残っている。

たぶん、あれが私の最初の記憶。

母の弟にあたる本宮の叔父夫婦は子に恵まれず、本宮家へ養女として引き取られた。けれど、私が養女として本宮家に入ってすぐに跡継ぎが誕生した。

いらなくなった私をどうするか、両家で話し合いがされた。結果、そのまま本宮の養女として育てられることとなった。

ただし、私を養女として迎えたのは叔父夫婦ではなく、祖父母だった。

――私はあの時、戻りそびれてしまった。

そして今、私を育ててくれた祖父母が亡くなり、郷戸の家へ戻されたというわけだ。

厄介払いと噂されるのも当然のこと。結婚相手に逃げられては困ると思ったのか、本来、嫁ぎ先でやるはずの宴席も父が段取りし、村中に声をかけ、あっという間に嫁入りの支度を整えてしまったのである。

父の行動はすばやかった。

「郷戸の旦那はうまくやったな」

「まったくだ。嫁がせておけば、外聞も悪くない。それも金持ちらしいし、めでたい話じゃないか」

集まった親戚たちは父を褒め、羨ましそうにしていた。

その父はというと、私の兄と妹に相応《ふさわ》しい結婚相手がいないか、親戚に声をかけて回っている。

お酌をし、私には目もくれない。

こっちをずっと見ているのは、ふたつ下の妹だけだった。

私の妹の玲花《れいか》は目鼻立ちがくっきりしていて、西洋人形のように可愛らしく、にっこり微笑めば、芙蓉《ふよう》の花のように華やかだ。

けれど、今の玲花には笑みはない。私の結婚が気に入らないようで、祝い膳にはいっさい手をつけず、私を鬼のような目で睨《にら》んでいた。

「次は下の子か」

「わざわざ東京の女学校に通わせてるくらいだ。名の知れた金持ちを結婚相手に狙っているんだろ」

「姉ほどの相手が見つかるかどうか。せいぜい地元の名士がいいとこだ」

招待客が玲花の話を始めたところで、郷戸の女中がそれに気づき、慌てて近づいて注意した。

「シッ！　玲花お嬢さんは気性が激しくて勘の鋭い子だからね。自分の悪口を聞きつけたら、なにをされるかわかったもんじゃないよ」

女中は玲花のほうを気にしながら小声で言った。お膳の上の食べ終わった器を回収し、逃げるようにそそくさと去っていった。

巻き込まれては困る――そういうことだ。

女中が言っていた勘の鋭い子とは、玲花が持つ特別な力のことを指している。

失せ物捜しから人の秘密まで、普通の人ならわからないことまで暴く。

郷戸の家で長く働いている人たちは、そんな玲花の力を嫌というほど知っていて、秘密を暴かれることを恐れ、まだ十六歳の少女に気を遣っていた。

「恐ろしいねぇ」

「まったくだ。しかし、上の子も愛想がよけりゃ、もう少し郷戸の両親も可愛がっただろうに」

今のところ、私に関するいい話はひとつもなく、旦那様に申し訳ない気持ちになった。

「あの……。本当に私を妻にしても、よろしかったのですか?」

私にも聞こえたのだ。

隣に座っている旦那様の耳にも入ったはず。

今ならまだ、私を『いらない』と言っても間に合う。

「ああ」

低い声で返事をしたのは、私の旦那様となった千後瀧紫水《ちごたきしすい》様。

彼は有名な水墨画家で、郷戸の床の間にも彼の作品が飾られている。

本業は蒐集家《しゅうしゅうか》であり、水墨画家は副業だと本人が語っていたけれど、本気なのか冗談なのか、よくわからない。

父が気に入ったのは、彼が名の知れた有名人というだけでなく、千後瀧家の当主だったからだ。

千後瀧家は政財界に顔が利く名家で、議員を目指す父は彼との繋がりをどうしても持ちたかった。

「価値があるかないか、普通の人間にはわからない。だが、俺は蒐集家《しゅうしゅうか》だからな」

蒐集家《しゅうしゅうか》だからこそ、価値がわかると言いたいのか、紫水様は得意げな顔をしていた。

私のほうは、妹と違い女学校にも通っておらず、習い事もやっていない無芸な人間だ。

立派な肩書きを持つ旦那様には、相応《ふさわ》しくない気がしてならない。

「私に価値なんてありません」

「千秋《せんしゅう》がそれを聞いたら、あの世で悲しむぞ」

千秋とは、着物作家だった祖父の雅号である。

紫水様は祖父と面識があったらしく、祖父が遺した着物を蒐集《しゅうしゅう》する目的で、郷戸に訪ねてきた。

「自分に価値がないと言うのなら、宴席を見たらどうだ？」

言われて、座敷のほうへ目をやった。

「隙あらば、俺からお前を奪おうと、人ではない者たちが紛れ込み、集まってきている」

紫水様は酒の盃を宴席のほうへ傾ける。

どれだけ飲むのか、金彩《きんだみ》の蝶文徳利《ちょうもんとっくり》が周りに何本も転がっていた。それでも酒に酔う気配はなく、まだまだ飲めそうだ。

「人ではないものですか？」

「そうだ。かつては神。今はあやかしと呼ばれる者たちだ。特異な力を持った娘を見つけ出して妻にする」

あやかしたちは時代の流れと共に己の正体を隠し、人に溶け込み紛れて暮らすようになった。

存在が消えてしまわないよう姿形を人に似せ、生き残ろうとしていた。彼らが生き残るためには、人でありながら人ではない力を持った娘を嫁に迎える必要があった。

特異な力を持った人の娘との間に誕生する子供は、あやかしとしての本性を失うことがないそうだ。

「あやかしの血を絶やさぬようにということですよね……」

「そういうことだ」

紫水様の視線が賑やかな宴席へ向けられる。

招待客に紛れ込んでいる人ではないもの。

私の目からは、彼らは人間となんら変わりない姿にしか見えない。

「龍神である俺を恐れず、よく集まったものだ」

そう言って宴席を眺め、口の端を上げる。

彼もまた人ならぬ存在——龍神だ。

天井近くの欄間に龍を見つける。

欄間にあるのは雲龍文《うんりゅうもん》。

大きな渦の雲の中にいる龍が睨《にら》みを利かせて、客人たちを見下ろしている。

「お前にはわからないか」

「私を奪うだなんて、そんなこと……」

両親から捨てられ、養女先から戻された私を誰が必要とするだろうか。

「世梨。俺は他の奴らのように、お前の特異な力に興味を持ったわけじゃない。もうひとつ、お前には名前があるだろう？　俺はそれに興味がある」

私の驚いた顔に、紫水様はしてやったりという顔をした。

「でも、それは……」

「ずいぶんと楽しそうね」

酔いの回った宴席から抜け、こちらへやってきたのは妹の玲花だった。

微笑む玲花の目は笑っておらず、ぞっとするほど冷たい。

「祝いの言葉なら、受け取ろう」

「お祝い？　そんなこと言うわけないでしょ。私を妻に選ばなかったことを後悔するわよって言いに来たの」

自信たっぷりな口調で玲花は言う。

「誰も欲しがらない世梨を押し付けられて、貧乏くじを引いたわね。この結婚で幸せになれると思っているのなら、大間違いよ」

まだ雪が降り続くのか、遠くで雷鳴の轟《とどろ》く音がした。

体に寒さを感じ、手が震えた。

それは、玲花に対する恐怖心からだったかもしれない。

紫水様は私の震える手に気づき、自分の手を重ねる。その手はひんやりとしていて、ぬくもりがなく、紫水様が人ではないことを私に教えていた。

「世梨が私より条件のいい嫁ぎ先なんておかしいわ。私があなたの妻に選ばれるべきよ」

玲花は気づいている。

この結婚が、私と紫水様の取引で成立した形だけの結婚だということに。

紫水様は祖父が遺した作品の蒐集《しゅうしゅう》のため、私は自由と身の安全のため。あやかしたちから守ってくれるのは、紫水様しかいない。

だから、これは利害一致の契約婚。

「隠したって無駄。私には隠しても全部わかっちゃうんだから。だって、声が聞こえるんですもの。死んだ者たちの声がね」

死者の声を聞くことができる玲花。

その特異な力を理由に、私から旦那様を奪おうとしている。

「私、知っているのよ。これは、あやかしたちの嫁取り戦なんでしょ？　特異な力を持つ人間の女性を探し出し、自分の妻にするため奪い合う。それなら、私こそ相応《ふさわ》しいわ」

玲花は十六歳とは思えない妖艶な笑みを見せた。

「役立たずな世梨の力と違って、とっても役に立つ力よ」

さっき玲花の悪口を言っていた招待客が、玲花の視線に気づき、ビクッと身を震わせた。

「そうだな。お前には資格がある」

紫水様は否定しない。

なぜなら、玲花が紫水様の妻になれる資格を持っているのは事実だったから。

そして、特異な力を使いこなす玲花は私より妻に相応《ふさわ》しい――

第一章

この世で唯一、私を可愛がってくれた祖父母が亡くなった。

死んだ人間の言葉が聞けるものなら聞きたい。

そして、会いたい——そう願っていた。

けれど、聞いてはいけない言葉もあるのだと知った。

「ねえ、世梨。死んだ本宮のおじい様が、世梨のことをなんて言ってると思う?」

美しい着物姿の玲花が私の前に現れた。

柄の文様は御所車文《ごしょぐるまもん》、松と桜。

そして、隠れた白い小さな花。

——あれは、くちなしの花だろうか。

それを見て、この着物が源氏物語の六条御息所《ろくじょうのみやすどころ》をなぞったものだと気づいた。

恋人を深く愛し、嫉妬のあまり生霊となった女性。死後も愛執のため成仏できないという悲しい話だ。

玲花の着物を眺めていると、玲花は私に近づいてきて、赤い唇の端を上げ、意地悪く笑った。

「おじい様が世梨をどう思っているか知りたくない？　知りたいわよね？」

なぜか声が出ず、言葉の代わりに首を横に振って拒んだ。

育ての親としてだけでなく、着物作家としても尊敬している祖父の望みを聞いてしまったら、その言葉から一生逃げられなくなる気がして怖い。

「冷たい孫娘――誰も引き取りたくなかった世梨を引き取って育ててくれたのに、最後の最後で期待を裏切られて可哀想」

玲花は死んだ者の声を聞くことができる。

私は見えないし、声も聞こえない。

だから、玲花の口から語られる言葉を嘘だと否定できなかった。

知るのが怖い。

だって、私は祖父の期待に応えられなかった――

「裏切り者」

その重い一言が私の心を苦しめた。

玲花は声の出ない私を見て笑っている。

耳を塞ぎたいのに体が動かない。

「役立たずな世梨。この先、ずっと誰からも愛されずに生きていくのよ」

玲花の手が私の首に伸びた。首に手がかかっても抵抗できず、微笑む玲花の顔を眺めるだけ。

やがて、玲花の手に力がこもり、徐々に息ができなくなっていく。

「玲花！　やめて！」

やっと声が出たと思った時には、私の首に玲花の手はなく、姿も消えていた。

私の目の前にあったのは、天井の木目だった。

「夢……」

夜明け前だというのに、鴉たちの鳴き声が外から聞こえてくる。

暗い中で聞く鴉の声は不吉で、まだ夢の中にいるような気がした。

あまりに鮮明な夢だったからか、体が震えている。もう一度眠ろうとしても気持ちが落ち着かず、眠れなかった。

眠気と疲労感が残る体を起こし、手で顔を覆った。

「私は裏切ってない。裏切ってないわ……」

祖父の最期を看取ったけれど、祖父は私になにも望まなかった。

怖い夢を見た時、安心する言葉をくれた祖母は祖父より先に他界し、私は本当に孤独《ひとり》になってしまったのだと実感した。

「ごめんなさい……」

誰にも届かない謝罪の言葉を口にして、自分の肩を抱きしめた。

窓が小さく、夜が明けても暗い布団部屋を見回す。

叔父夫婦が私の着物のほとんどを売却したため、私の荷物は少なかった。

有名な着物作家だった祖父の着物は高値で売れる。祖父の財産処分を理由にして、祖父が私のために作ってくれた着物も売り飛ばされてしまった。

祖父母と暮らした家も叔父夫婦の手に渡り、郷戸に帰ってきた私に与えられたのは、暗く狭い布団部屋の一室だった。

両親は華やかで明るい妹の玲花と、帝大に通う優秀な兄の清睦《きよちか》さんがいれば、それで満足なのだ。

私の存在は、両親が描く完璧な家庭の中で、唯一の汚点として扱われている。

だからだろうか。

玲花が私を殺そうとした夢を見たのは。

「起きないと……」

鮮明な夢が毎日続いて眠りが浅いからか、体が重い。

郷戸に戻った私が郷戸の娘として扱われることはなく、女中として働くよう命じられた。

表向きは花嫁修業の行儀見習いだったけど、玲花が自分と同じ扱いはおかしいと主張したためだ。

本宮の名を名乗るからには、本宮の娘であり郷戸の娘ではない——そう玲花に言われた。

『どうせ嫁にやる娘だ。郷戸の名に戻す必要はない。さっさと嫁がせてしまえ』

父が母にそう話しているのを耳にし、早々に自分が決めた男の元へ嫁がせるつもりでいることを知った。

——私は厄介者。郷戸の家にとって、いらない子だから。

息苦しさを感じ、ぎゅっと自分の腕を掴んだその時。

「世梨さん、おはようございます。女中頭から、世梨さんが起きているかどうか、確認するよう言われまして……」

「今、支度をして台所へ参ります」

若い女中がやってきて、布団部屋の戸を遠慮がちに叩いた。

銘仙の着物にメリンスの羽織、白の割烹着と、家事仕事用の服装に着替えた。

私の朝は台所仕事から始まる。

「申し訳ありません。遅くなりました」

土間の台所では、すでに若い女中たちが忙しなく動き、朝食の支度に取りかかっていた。

「遅くなんてないですよ。玲花お嬢さんと同じ時間でも……」

構いませんよと、言いかけた女中は口をつぐんだ。

近くにいた他の女中から、肘でドンッと強く小突かれて、それ以上、言えなかったのだ。

玲花は私を疎ましく思っていて、自分と同じように、私が扱われると癇癪《かんしゃく》を起こす。

両親も女中たちもそれが怖い。

玲花が本気になれば、自分たちが抱えている秘密を暴いてしまうから。

それは私も同じ――今朝の夢を思い出し、暗い気持ちになった。

「世梨さん、ちょっといいかしら？」

若い女中を押し退けて、女中頭が近づいてくる。

「怠けたら旦那様や奥様に報告させていただきますからね。郷戸で育った玲花お嬢さんと世梨さんでは、立場が違うんですよ」

「わかっています……」

「女学校を卒業してない世梨さんと教育を受けた玲花お嬢さんでは、嫁ぎ先にも差が出るだろうと、奥様なりの配慮なんですよ」

私と玲花は違う。だから、しっかり家事仕事を身につけなさいと、母から言われていた。

私が女中頭に深々と頭を下げるのを見て、若い女中たちが、ひそひそと小声で話す。

「女中に頭を下げるなんて、玲花お嬢さんじゃ考えられないわ」

「仕方ないわよ。世梨さんは本宮からも追い出されて、行き場がないんだもの」

「旦那様なんて、嫁にやるにも金がかかるって、ボヤいてたくらいよ」

女中たちは私の境遇に同情しているものの、女中頭が怖くて、誰も近寄らなかった。

もちろん、玲花のことも恐れている。だから、玲花に嫌われている私に優しくして、玲花の機嫌を損ねないよう気をつけているのだ。

『世梨はいらない子だから、郷戸の家に戻されたのね。誰からも必要とされないなんて、かわいそう』

郷戸へ戻った日、玲花から言われた言葉だ。

事情を知らされてないのに、玲花が私の境遇を知れたのは、死者の声を聞く能力を持っていたから。

玲花は自由気ままに、力を使っているようだった。

「世梨さん、昼食用の煮物をお願いします」

「はい」

朝食の支度が終われば、掃除と昼食の準備が始まる。

昼食用の煮物を作るため、冬に収穫した大根を取りに裏口から外へ出た。

ここら一帯の地主である郷戸家は小高い場所にあり、周囲は田畑に囲まれている。郷戸家の庭から春霞《はるがすみ》に包まれた村を一望することができた。

風が吹き始め、髪が私の頬を撫でる。朝靄《あさもや》が少しずつ晴れ、遠くに見える空の青みが増していく——今日は晴天のようだ。

村を眺め、佇《たたず》む私の頭上から声がした。

『村に恐ろしい客が来るぞ』

——鴉。

鴉の鳴き声に混じる人の言葉。言葉を話す鴉に一瞬、ぎくりとした。

ただの鴉ではない。

鴉は鳴く。危険を察知した鴉が仲間を呼んでいるのか、一羽鳴くともう一羽というように、鳴き声が呼応しあって、そこらじゅうで声がする。

歓迎されないお客様。

それは、まるで私のようだった。

強い風が梅の木の枝を揺らし、鴉が一際大きな声で鳴く。

『客が雨を連れてくる』

死んだ祖母から『得体の知れないものに深く関わると、山の向こうへ連れていかれるよ』と言われていたのを思い出した。

これ以上、関わってはいけない。

着物の袂《たもと》から白い包み紙を取り出した。

紙の中には、おやつ用の炒《い》った豆がくるんである。包み紙を開け、炒《い》り豆《まめ》を数粒手に取ると、梅の木の上の鴉に投げ与えた。

鴉は器用に炒《い》り豆《まめ》を口で受け止め、食べ終わると枝を蹴って、飛び去っていく。

私が村に来てから鴉がずっとそばにいた。

不気味に感じたけれど、ああいう類いの存在は東京でも見かけることがあった。けれど、震災後は静かになった。

逃げたのか、消えたのか。

人ではないもの——怖がる私に祖母が私に聞かせてくれた昔話の数々。幼い頃は怖くて泣いていたけれど、今となっては慣れてしまった。

鴉が飛び去った方角を眺めていた私の頬にぽつんと雨が一滴、あたった。

「まさか、雨?」

さっきまで、雲ひとつない青空と春の空気を感じていたのに、唐突な雨の気配に思わず、空を見上げた。

ざわりと風が吹き、靄《もや》の粒子が頬に触れ、ひんやりとした空気が首筋を撫でる。

細かく冷たい雨が、私の顔の上に落ちた。

鴉たちが言った通り、雨が降った。この後、お客様がやってくることを雨は告げていた。

「世梨さん！　まだ裏庭にいるの？　戻ってこないと、世梨さんの分の朝食がなくなるわよ！」

「すみません。今、戻ります」

慌てて土を掘り起こし、泥だらけの大根を手にした。

鴉の言葉を気にしている場合ではない。

どのみちお客様と言っても、郷戸家へやってくるお客様は父に用事がある人ばかりで、どんなお客様が来ようと、私には関係のない話だ。

泥だらけの大根を外で洗ってから土間へ戻ると、各自の箱膳にご飯と味噌汁、お漬け物が用意されていた。すでに食べ終わった者もいる。

食事は手が空いた者から、食べるよう決められていた。

郷戸の家族と使用人は別の場所で食事をする。使用人は表ではなく、裏で食事をし、食事の内容も違っているのだ。

とはいえ、使用人扱いの私が郷戸の家族と食事をしたことは一度もなかった。

「世梨さん。煮物の準備は後でいいから、早く食べて」

住み込みで働く女中たちは、台所で食事を済ませる。

食べ終わるのが遅くなると片づけが滞るため、嫌な顔をされてしまう。

「はい」

食事の時、いつも私の隣に座っている若い女中は、私より少し年上の人だった。

その人は私が座るなり、卵焼きをひとつ、ご飯の上にのせた。

「女中頭には内緒よ？　だし巻き卵の巻きの回数を少なくしてやったの。私たちだって、たまには朝から卵を食べてもバチは当たらないでしょ」

お膳に隠した卵焼きの皿を見せて、にやりと笑った。

「ありがとうございます」

「世梨さん、顔色悪いんだもん。心配になっちゃう」

「そうですか？」

「そーよ。疲れた顔してるわよ」

眠っても体に残る疲労感——確かに私の調子はよくなかった。

いつも体が鉛のように重く、気を抜くと眠ってしまいそうになる。

「東京から、こんな辺鄙《へんぴ》な田舎で暮らすなんて大変よね。ねぇ、百貨店には行ったことある？」

「はい。本宮の祖父母に連れられてよく……」

「いいなぁ。私も行ってみたい。髪を短く切って洋服を着るの」

洋服と聞いて体の重さを忘れた。

「わかります。洋服に憧れますよね」

「世梨さん。もしかして洋服に興味ある？　私は雑誌で見ただけなんだけど、その雑誌を大事に持ってるの」

「私も洋服の雑誌を持ってました」

雑誌の挿絵には、リボンがついたワンピースや襟のついたブラウスを着た少女がよく描かれていた。見ているだけで心が躍り、彼女が大事に持っている気持ちがよくわかる。

「あ……。関東大震災があったから……。住んでいた家は大丈夫だった？」

雑誌を持っていた、と過去形だったことに気づいたようだ。

「祖父の家は焼けずに済みました。でも、本宮の本家は焼けてしまったので、叔父夫婦は仮住まい先を探していたようです」

関東大震災さえなければ、私もまだ東京で暮らしていたかもしれない。

私が住んでいた家は奇跡的に焼けずに残り、家財もすべて無事だった。

けれど、叔父夫婦がやってきて、あっという間に家を乗っ取ってしまった。

私が大事にしていた雑誌も『郷戸へ戻るなら荷物になるだろう』と言って、叔父夫婦が古本屋へ売り、手元には一冊も残らなかったのだ。

「あー、うん。ごめん。人には踏み込まれたくない事情があるのに無神経だったよね。親にもよく怒られるの。お前は落ち着きがなくて後先を考えないって」

「いいえ。卵焼き、美味しかったです」

「そう？　また、こっそり作ってあげるわね。今日はお客様も来るらしいし、きっと夜はごちそうよ。私たちもなにか食べられるかも！」

お客様と聞いて、どこかで鴉の鳴き声がしたような気がした。

鴉が警戒する恐ろしいお客様とは、どんな方なのだろう。

「あの、お客様って……」

お客様のことを尋ねようとした瞬間、バタバタと廊下を走る大きな足音が聞こえてきた。

「玲花お嬢さんのお膳を用意したのは誰っ⁉」

私の隣に座っていた女中が、すっと手を挙げた。

「お膳を用意したのは私です。なにかありました？」

「なにやってるの！　玲花お嬢さんのお膳に漬け物を載せたでしょ！　癇癪《かんしゃく》を起こして、お膳をひっくり返しちゃったのよ。片づけないといけないから、他にも誰かついてきて！」

女中たちは誰も行きたがらず、女中頭でさえ、うんざりした顔を見せた。

これが初めての癇癪《かんしゃく》ではなかった。

玲花の癇癪《かんしゃく》の酷さは全員経験済み。頭から味噌汁をかけられたり、茶碗を投げつけられたりした人もいる。

「あの……。私が片づけましょうか」

申し出ると、ホッとした空気が周囲に流れた。

「巻き込んじゃって、ごめんね」

「平気です」

台所がある土間から出て、座敷へ向かう廊下の途中から、玲花の喚く声が聞こえてきた。

「漬け物は嫌いだって言ったでしょ！　絶対食べないんだから！」

女中たちは青ざめ、廊下に散らばる食事の残骸を片づけることもできず、十六歳の少女相手におろおろしていた。

「失礼します」

声をかけて座敷の中へ入ると、両親と玲花は一斉に私を見た。

朝食の席にいるのは三人だけで、兄の清睦さんは帝大に通っているため、東京で下宿生活を送っている。

清睦さんがいないと、なおさら家は玲花の天下で、我が儘に振る舞い誰も止める者がいなかった。

「漬け物の皿をお膳に置いたのは世梨ね！　私への嫌がらせでしょ！」

玲花が私を怒鳴りつけると、私に卵焼きをくれた女中の女性が慌てて否定した。

「いいえ！　お膳を準備したのは世梨さんじゃなくて、私で……」

「世梨を庇うつもり？　私に嫌がらせをしたのは世梨よね。わかってるのよ」

玲花の目が女中を睨《にら》んだのを見て、私は前に出た。

「私が用意しました」

一緒に来た女中になにも言わないでと、目で訴えた。

玲花の言葉ひとつで使用人たちを簡単に解雇することができる。

けれど、彼らには生活がある。

実家に仕送りをしている者がほとんどだ。ここを解雇になって、お給金がもらえなくなると、実家の家族が暮らしていけなくなってしまう。

何不自由なく、暮らしてきた玲花にはそれがわからないのだ。

「やっぱりね。私を妬んで、世梨はこんなことしたのよ。お父様、お母様。こんな人、早く追い出して！」

卵焼きをくれた親切な女中は、悔しそうに唇を噛んで俯いた。

――私のせいで彼女に嫌な思いをさせてしまった。

申し訳ないのは私のほうだ。玲花の目的は私を傷つけることで、それも他の人を巻き込み、嫌がらせするのを楽しんでいる。

「ここは大丈夫ですから、台所へ戻ってください」

逆らえば、解雇されるかもしれない女中たちと違って、少なくとも私の生活は保証されている。世間体がある限り、両親は私を家から追い出せない。

――嫁ぎ先が決まらない限りは。

それに玲花の癇癪《かんしゃく》はいつものことで、私が黙って罵声を受け止めていれば終わる。

「玲花。もうやめなさい。新しい食事の膳を運ばせるから、それでいいだろう？」

「お父様は世梨に味方するの？」

なんとか玲花を宥《なだ》めようとした父の言葉は、逆効果となってしまい、玲花は私に皿を投げつけた。

皿は私の横をかすめ、背後で陶器の割れる音がする。

投げつけられた皿と一緒に飛んできたのは煮豆だった。

――漬け物じゃない。

割れた皿と一緒に散らばった赤紫色をした金時豆の煮豆。これは漬け物を好まない玲花のために、昨晩遅くまで女中が煮て準備した甘い煮豆だった。

最初からお膳に漬け物の皿はなかったのに、玲花は私に嫌がらせをしたくて、わざとこんなことをしたのだと気づいた。

玲花は両親の愛情を少しでも失うことが許せない。

両親の気持ちが、私に傾かないよう早く郷戸から追い出してしまいたいと思っている。

玲花がなにも持たない私に、なぜ嫉妬するのか少しも理解できないけれど、割れた皿と食べずに捨てられる金時豆を見て腹が立った。

割れた皿の破片を拾い上げた。

「私は本宮の祖父母から、大切に使った物には神様が宿ると言われて育ちました。大切にせずにいると物に宿った神様が仕返しにくるとも」

「私にお説教するつもり？」

割れた皿の破片を集め終わると、玲花の前に置く。

わずかに玲花が怯《ひる》む。

「この家には古いものがたくさんあります。気をつけたほうがいいと、私は言いたかっただけです」

玲花は心当たりでもあるのか、顔を強張らせた。

郷戸家は古くから、この地の豪族として栄えてきた長い歴史を持つ一族である。

所有する物も歴史を感じさせるものばかりだ。

そのせいか時々、誰もいない部屋や土蔵の中から小さな物音や気配を感じる。

玲花が不思議な力を持っているのであれば、私と同じように人ではないなにかに気づいていてもおかしくなかった。

私は関わらないように、うまく誤魔化《ごまか》して逃げている。

鴉に与えた炒《い》った豆は、祖父の教えのひとつ。

自分の代わりになるもの――彼らが興味を持つ物を差し出せば、気を逸らすことができるぞと、祖父が教えてくれたのだ。

『人もあやかしも同じ。人付き合いをやるように、うまく付き合えば仲良くなれる』

人じゃないものが恐ろしかった頃、怯えて泣く私に多くのことを祖父母は教えてくれた。けれど、玲花はどうだろう。

祖父母のように、そばで教えてくれる人はいたのだろうか。

人ならざる者にも感情があるということを。

悔しそうに玲花が私から顔を背けた。

玲花の癇癪《かんしゃく》が収まり、ようやく静かになった。

それを見た母が、やっと口を開いた。

「玲花に新しいお膳を用意していただけるかしら？」

「は、はい！　ただいまお持ちします」

廊下で成り行きを見守っていた女中たちは、母の言葉で働きだし、散らかった食事の残骸を片づけ、新しいお膳を運んでくる。

玲花を注意しない母と止められなかった父は、気まずそうな顔で私を見ていた。

両親から謝罪はなく、煮豆を片づける私にかけられた言葉は、的はずれな言い訳だけだった。

「世梨さん。私の苦労がわかったでしょう？　子育てって大変なのよ。あなたは早く独立してちょうだいね」

「玲花の周りにいる友人たちはお金持ちの令嬢ばかりだ。周りが似たような子供ばかりだからな。我が儘になるのも仕方がない」

両親の言葉は私の心に響かなかった。

言い訳の言葉を積み重ねる彼らの姿は、本宮の叔父夫婦と重なって見えた。

『両親と暮らしたほうが幸せになれる』

『血の繋がりを考えたら、郷戸のほうがいいわよね』

そう言って、私を祖父の家から追い出した叔父夫婦と同じだった。

――私は諦めている。

祖父母が亡くなり、私は色々なものを諦めた。

だから、両親の愛情を諦めるくらいなんでもない――そう自分に言い聞かせた。

「皿を片づけてきます」

余計なことを考えないよう感情を押し殺し、その場を後にした。

台所に戻ると、玲花の新しいお膳が用意され、汚れたお膳を女中たちは文句ひとつ言わずに片づけていた。

彼女たちが文句を言わないのは、これが日常だからだ。私と同じように諦めている。

その横を通り過ぎ、裏口の戸を開ける。

割れた皿は裏のゴミ置場へ持っていく。割れた皿や欠けた湯呑みが一か所に集められ、小さな山を作っていた。

物を捨てる時には目を閉じ、手を合わせてお礼を言う。

「今まで、ありがとうございました」

もちろん、誰からも返事はない。

朝からずっと止むことのない雨。柔らかい霧雨の中で梅の木が雨に濡れている。梅の木と一緒に見た空は、ただの灰色ではなく、心なしか白梅鼠《しらうめねず》色に染まって見えた。

冬が終わり、春が始まるというのに、私の心は暗いままで感傷的にさせた。

「いつまで私はここで暮らすの？」

嫁ぐまで――嫁ぎ先で幸せになれるとも限らない。

私が一番戻りたい場所はもうなくなってしまった。

手のひらを天に向け、空から落ちる雨を受け止めた。

私の足元にある割れた皿の上にも雨の雫が落ち、水滴が線を描き、皿の絵の上を滑っていく。

泣いているように見えた皿には、文様があった。

自然や動物などを図柄にした文様の中には、それぞれ意味を持ち、古くから伝わるものもある。

「文様……梅に鶯《うぐいす》……」

絵を指でなぞる。

この文様は着物にも使われ、組み合わせのよいものとして人気がある。

着物作家であった祖父の図案の中でも、よく目にしたもののひとつだ。

祖父の着物の特徴は、文様と文様を組み合わせ、着物に物語を作る。子の成長を願うものから、成人を祝うものなど、様々な意味を込めていた。

それらすべて、人を祝すもの——負の感情を持った作品はひとつとしてなかった。

尊敬していた祖父は、もうこの世にいない。

袖に隠れた自分の腕を撫でた。

「おじいちゃん、おばあちゃん……」

私の周りには誰の気配もなく、ただ一人。泥濘《でいねい》を叩く雨音だけが聞こえてくる。

――祖父母がいた懐かしい場所へ戻りたい。

誰にも愛されない私を可愛がってくれたのは、祖父母だけだった。

祖父が描く、美しく咲く梅の花と鶯《うぐいす》を思い出す。

庭の梅の木は、まだ花を咲かせていない。

けれど、私は永遠に散ることのない梅をこの身に宿している。

――どうか梅よ、咲いてほしい。ただ私のためだけに。

私の願いと共に花のなかった梅の木に梅の花が咲き、鶯《うぐいす》が鳴く。

けれど、それは本物の梅の花と鶯《うぐいす》ではなく幻の――

「梅に鶯《うぐいす》か」

誰の気配もなかったはずなのに、背後から声がして、とっさに袖をまくった自分の腕を隠す。

鶯《うぐいす》と梅の花の幻影は一瞬にして消え、元の寂しい枝だけが残った。

「なるほど。物に描かれた文様を奪い、体に宿す力か。変わった力を持っている」

声の主は、今の光景を目の錯覚や夢だと思わずに、目にしたものをすんなり受け入れた。それも、私の能力だと察して――

「あなたは誰？」

私が振り返った先にいたのは、黒い着物姿の男性だった。

黒は黒でも鴉とは違う。青みを帯びた不思議な黒。その髪と瞳の色のせいか、雨で霞《かす》んだ風景の中に溶けた彼は、薄い唐紙《からかみ》の上に墨汁を滲ませたような印象を抱かせた。

いつの間にか、雨は音もなく静かに降る小糠雨《こぬかあめ》に変わり、山と田の畔《あぜ》の緑を白く煙らせ、鴉が高い声で鳴いた。

『恐ろしい客が来た』と。

ジッと目を凝らすと、彼と目が合い、向こうも同じように私を見つめた。

「俺の名は千後瀧紫水」

「……千後瀧……紫水様？」

どこかで聞いたような気がして名前を呼んでみたけれど、思い出せない。

墨色の着物と外套《がいとう》、草履《ぞうり》姿の渋い服装をし、歳の頃は二十代前半というところだろうか。

光の加減によって、黒髪が微かに青い色を帯びて見えるのが特徴で、一度見たら忘れられない気がした。

そして、美しく整った顔立ちをしていた。

「梅の花見にこそきつれうぐひすのひとくひとくといとひしもをる」

彼は優雅に、古今和歌集の中にある歌をひとつ詠《よ》んだ。

その歌は、梅の花を楽しんでいた鶯《うぐいす》が人の気配に気づき、こちらへ来るなと嫌がり鳴いている——そんな意味だったような気がする。

彼を嫌がっているわけじゃなかったけど、そう思われてしまったようで、なんだか気まずい。

それだけじゃない。

彼は小皿の文様を見、梅に鶯《うぐいす》だとわかって歌でなぞらえた。

つまり、文様を理解している人ということだ。

「もしかして、祖父の仕事仲間の方でしょうか？」

「違う。俺は千秋の着物を集めている蒐集家《しゅうしゅうか》だ」

「蒐集家《しゅうしゅうか》……」

彼は祖父の着物に並々ならぬ愛着を持っているらしい。

職人気質な祖父は図案から染めまで携わり、こだわり抜いて制作した着物の評価は高く、亡くなったことで、さらに値が上がった。

高値になった着物に目をつけた叔父夫婦は、祖父の落款《らっかん》がある着物をすべて売り払った。

郷戸の母に形見分けした着物以外、誰の手に渡ったか行方《ゆくえ》がわからなくなってしまった。

——祖父が私のために作ってくれた着物も奪われた。

私の手元に祖父の着物は一枚も残らず、叔父夫婦は私に祖父の筆一本すら持ち出すことを許さなかった。

孤独感からやってくる不安を打ち消すため、自分の両腕を掴み、強い力で握りしめた。

「千秋の着物は言葉を語る。どれも美しく気に入っている」

花に草木、虫に鳥――祖父が描く絵は美しいだけではなかった。白い紙の上に筆を滑らせたなら、絵に命を与え、特別なものに変えてしまう。

祖父の着物を褒められて、悪い気はせず、鴉が言うほど恐ろしいお客様ではないと思った。

「そうですか……。千後瀧様は祖父の着物をご覧になるため、ここへいらっしゃったのですね」

「見る？　違う。俺は奪いにきた。お前がその身に宿した文様もすべてもらい受けるために」

すべて――その言葉に胸がざわついた。

彼の目は狩猟者の目だ。

鴉が言っていたことは正しかった。

彼は祖父母との思い出まで、私から奪おうとしている恐ろしいお客様だった。

「それで、名は？」

問われて、思わず後ろへ下がった。

草履《ぞうり》の底が土をさらい、ジャリッと小石を強く踏みつけた音がした。

人かどうかもわからない彼に名前を教えていいものかどうか、ためらっていると、千後瀧様はため息をついた。

「ずいぶん、嫌われたものだ。だが、言わずともわかる。お前は千秋の孫娘だろう？」

黙っていた私の代わりに答えると、彼は天から落ちる雨を手に掴み、雨を握った手を軽く振った。

その瞬間、雨は止み、陽の光が地面を照らす。空が晴れ、徐々に青みを増した。

千後瀧紫水――彼もまた鴉たちと同じ。

やはり普通の人間ではなかった。

「そうです……。私は本宮世梨と申します」

雨を止ませることができる彼は普通のあやかしではない。隠しても無駄だと悟り、名前を名乗った。

「本宮世梨か。千秋の技を受け継ぐ、唯一の後継者だと聞いている」

「いいえ、違います。私は祖父の跡を継いでおりません。祖父に弟子はいませんでした」

「……ふむ」

千後瀧様は私の答えが気に入らなかったのか、少しだけ不機嫌になった。

「まあいい。俺の目的は千秋の着物を手に入れることだ」

祖父の作品を欲しがる人は大勢いるけれど、ここまではっきり言われたのは初めてだ。

「私におっしゃられても、祖父の着物を差し上げることはできません。確かに私は千秋の孫娘ですが、祖父の着物は一着も持っておりません」

「俺が探しているのは、着物であって着物じゃない」

「着物であって着物じゃない？　謎かけですか？」

「俺がなにを探しているか、わかっているはずだ」

一歩二歩と、私に近づく。

あと一歩で私に触れられるという距離まで近づき、足を止めた。

「鴉がいる。多いな」

空を見上げると、鴉たちが仲間を呼び、空に黒い点を増やしていく。

ギャアギャアと騒ぎ立て、敵の襲来を仲間たちに告げていた。

「鴉たちと遊んでやってもいいが、下っ端ばかりで面白くない」

千後瀧様は鴉たちから、喧嘩をふっかけられるのを心待ちにしているように見えた。

外見は二十代前半に見えるけど、本当はいくつなのだろうか。

言葉遊びをして私を揶めとる老獪《ろうかい》な方かと思えば、今は子供みたいに無邪気だ。

千後瀧様は鴉に勝つ自信があるのか、好戦的な目を向けて鴉たちを挑発している。

鴉たちは危険を察知してか、一羽も近づいてこない。

私の頭上を鴉が数羽飛び回り、警告だけで精一杯だった。

『村に恐ろしい客が来た。危険な男だ』

鴉の言葉を信じたわけではなかったけど、千後瀧様から距離を取った瞬間――

「千後瀧先生ーっ！　僕を置いてかないでくださいよ！」

田舎で滅多に聞くことのないエンジン音を轟《とどろ》かせ、自動車が庭へ乗り込んでくる。

「自動車⁉」

自動車は珍しい乗り物で、田舎では一度も見たことがない人もいる。郷戸家の庭まで続く小石の多い坂道をものともせず、車体をガタガタ揺らしながら上ってくると、私たちのそばで止まった。

「千後瀧先生。僕を宿に置いていくなんて、酷いじゃないですか」

運転していた男性は運転席の窓から、ひょいっと顔を覗かせ、私たちのほうを見た。

「車に乗りたくなかっただけだ」

「また子供みたいなことを言って……。これ、評判がいいんですよ？」

「お前の中ではな。俺の中では評判が悪い」

千後瀧様は自動車が苦手らしい。

木骨で組まれた鋼板素材の自動車は、この辺りでは絶対に見ることがないものだった。自動車の音に気づいた村の子供たちは少しでも近くで眺めようと、自動車を追いかけ、郷戸家の坂の下まで集まってきていた。

「無理して手に入れた国産車なのになぁ」

私は自動車に詳しいほうではなかったけれど、外国産の車が多い中で、開発された国産車がすごく高価で珍しいものであることは想像できた。

「俺はお前についてこいと一言も言ってないぞ」

「朝起きたら、先生が宿からいなくなっていたので驚きました」

「宿じゃない。東京を出発する前の話だ」

千後瀧様は最初から彼を同行させるつもりはなかったらしく、げんなりした顔で額に手をあて、ため息をついた。

「あっ！　もしかして、千秋様のお孫さんですか？　先生、手が早いなぁ」

「おい……。誤解を招く言い方をするな。お前はよく平気だな。俺は舗装されてない道のせいで、車酔いが酷かった。まだ調子が悪い気がするぞ。帰りは絶対乗らないからな」

「僕はすっごく楽しかったですよ。そんなこと言わずに国産車の乗り心地を試しましょうよ」

「断る。陽文《ひふみ》だけ、車に乗って帰れ」

「一人でなんて嫌ですよ」

陽文と呼ばれた青年は口を尖らせた。

車のドアを開けて降り立った陽文様は明るく人懐っこい雰囲気があり、社交的な印象を受けた。千後瀧様と同じくらいの年齢の男性で、色素の薄い茶色の髪は狐の毛色に似ている。けれど、顔は狐顔ではなく、鼻筋が通って美しく、西洋の王子様みたいに目鼻立ちがくっきりとして見目がいい。

千後瀧様と並んだ立ち姿は、もはや別世界で、見ているだけで圧倒された。

「ご挨拶《あいさつ》が遅れました。僕は葉瀬《はぜ》陽文といいます。陽文君、陽文さんとでもお呼びください。可愛いお嬢さん」

「本宮世梨と申します」

私が深々とお辞儀をすると、陽文さんはハンチング帽を軽く持ち上げ、ウインクをした。

まるで外国人のようだ。

それに服装も洋服で、ベージュのハンチング帽をかぶり、ブラウンの革靴を履き、ジャケットの下にはベストを着て今風。その上、発売されたばかりの国産車を乗りこなしているところを見ると、彼は桁外れのお金持ちだと思う。

「あれ？　僕の顔になにかついてる？」

「目と鼻がついている」

「先生。それは正常です。耳と尻尾が出ていたら、教えてください」

二人が人ではないような気がしていたから、その冗談が冗談とは思えず、私は笑えなかった。

「失礼しました。洋服を目にしたのは、久しぶりだったものですから。不躾に見てしまい申し訳ありません」

「あ、気にしてないよ！　むしろ、可愛いお嬢さんに見られるのは光栄だ。そっかぁ。世梨ちゃんは洋服好きなんだ」

「いいえ」

嘘をついてしまった。

本当は百貨店の制服、銀座の町を歩く人、短い髪に軽やかな身のこなし、最先端をゆくお洒落《しゃれ》な服装――洋服を見るのが大好きだった。

でも、私は口に出して言えなかった。言ってしまえば、ここでの暮らしに不満があると言っているようなもの。

——私はなにかを望める立場じゃない。

「なにが陽文君だ。陽文でいい」

「うわっ。なんだか、僕、適当に扱われてないですか？」

「適当に扱っている」

このままだと、二人の会話が終わりそうにない。頃合いだと思い、口を挟んだ。

「千後瀧先生。陽文さん。ここにいては目立ちますから、ご案内いたします」

自動車を追いかけてきた村の子供たちが数を増やしていた。坂の下で集会が始まりそうなくらいの人数にまで膨れ上がっていた。

都会から来たお客様というだけでも珍しいのに、自動車を見られるとなると、もう子供たちはお祭り騒ぎである。

「千後瀧先生か。千秋の孫娘に先生と呼ばれるのは、おかしな気がするな」

「先生と、陽文さんがお呼びしていたので……」

「紫水でいい」

「わかりました。紫水様。陽文さん。表口までご案内いたします」

私が手で玄関のほうを指し示すと、ようやく二人は歩き出した。

玄関へ向かう間も陽文さんは賑やかで、おしゃべりが止むことはなかった。

「千後瀧先生の紫水という名前は、山紫水明《さんしすいめい》から名付けられたんですよ。千秋様の雅号が千秋万歳《せんしゅうばんざい》から取られていると知って真似たらしいです」

「自分で名前を?」

赤ん坊がどうやって自分で名を付けるのだろうと思っていると、陽文さんは隠す気もないのか、悪い顔をして私に言った。

「薄々、察しているかと思いますが、僕たちは人ではないですからね。色々人とは違うんですよ」

「陽文。お前は少し黙れ。だいたい俺の名前なんか、どうでもいいだろう」

「よくないですよ。世梨ちゃんには、特に知ってもらわないと!」

山紫水明《さんしすいめい》——山は陽の光で紫色に霞《かす》み、川の水は澄んでいる。

「頼山陽《らいさんよう》ですね」

「千秋様からお聞きしたんですか?」

「はい」

山紫水明《さんしすいめい》という言葉は京都、東山と鴨川の展望を眺めた頼山陽の言葉から造られた言葉である。

私にその言葉を教えてくれたのは祖父だ。

着物の色は、川の澄んだ水と冷たさが美しくするのだと言っていた。

祖父母と私、三人で行った京都旅行。川沿いを歩きながら、祖父が話してくれたのを思い出した。

「とても綺麗ないい名前だと思います」

「いや、お前の名には負ける」

私の世梨という名のことなのか――それとも、私が持っているもうひとつの名前のことなのか。

あの青みを帯びた黒い瞳に、私の嘘はすべて見抜かれてしまっているような気がして、紫水様から目を逸らした。

庭から正面へ回ると、父が落ち着かない様子で玄関前をうろうろ歩き回っているのが見えた。

紫水様と陽文さんがやってくるのを、首を長くして待っていたようだ。

「おおっ！　もしや、お二人は！」

父は紫水様たちの姿を見つけると、嬉々とした表情を浮かべ、駆け寄った。

そばにいる私のことなど、まったく目に入っていない様子だった。

「いやぁ！　よくいらしてくれました！」

上機嫌な父に対して、陽文さんが愛想笑いを浮かべた。

「ご無理を聞いていただき、ありがとうございます。どうしても、亡くなられた千秋様の着物をご覧になりたいと、千後瀧先生がおっしゃったものですから」

「とんでもない。郷戸に三葉《みわ》財閥と千後瀧家の方をお招きできるとは光栄の極み。さあ、上がってください」

大歓迎する父に促され、紫水様たちは郷戸の屋敷へ足を踏み入れた。

けれど、私は紫水様たちと違い、表口から入ることは許されていない。

女中たちと同じ扱いで、女中部屋に近い裏口から入るようにと、両親から命じられていた。

「む……。世梨か。なにをしている。なにか用でもあったか？」

私がいることに、ようやく気づいた父は、なぜお前がここにいるのだという顔をした。

「お客様を玄関までご案内しました」

「そうか。お前はもういい。仕事があるだろう。奥へ戻れ」

「……はい」

「待ってください。彼女に案内していただきたいのですが、いけませんか？」

私を邪険に扱う父を見て、陽文さんが割って入った。

「三葉財閥様のお望みとあれば、どこでも案内させましょう！」

父は三葉財閥の名に目が眩《くら》み、陽文さんに懐柔されていた。

父が浮かれるのも無理はない。

日本有数の財閥の名は、経済界に無知な私でさえ耳にしたことがある。

三葉財閥が経営している三葉百貨店には、祖父母と何度も足を運んだ。

外国の百貨店を真似た西洋風の内装が三葉百貨店の売りで、アールヌーボー様式の曲線が美しい内装、芸術的な壁画、硝子《がらす》のショーケースに入った興味を引く商品の数々――何度行っても飽きることがなく、とても楽しかったのを覚えている。

「郷戸家は古くから、この地に住む豪族だったそうですね」

「いやなに、ただの田舎者ですよ」

「そんなことありません。歴史を感じる佇《たたず》まいの邸宅は、眺めているだけでも楽しめます」

「葉瀬様の屋敷に比べたら、お恥ずかしい限りです。震災さえなければ、東京の別宅に、ご招待できたのですがね」

郷戸が所有する東京の家は、洋風建築を取り入れた立派なお屋敷だった。

震災で焼けてしまい、今は新しい洋館を建てている最中で、女学校に通う玲花と帝大に通う清睦さんのため、完成を急がせている。

「いえ、こちらのほうが趣があっていいと思います。ですよね、先生？」

「ああ、そうだな」

陽文さんに比べ、紫水様は父の話にあまり関心がないようで、気のない返事をして庭を眺めている。

「水墨画家の千後瀧先生に、我が家を評価していただけるとは嬉しいですなぁ」

父は自慢げに、広い庭を見せた。

自慢に思うのも無理はない。

郷戸家は坂の上の屋敷を囲むようにして、白漆喰《しろしっくい》の塀が続き、村を見下ろす小高い土地を占有している。敷地には土蔵が連なり、使用人が寝起きする住居、客人をもてなすための茶室など離れがいくつもある。

今、通り過ぎた二間続きの広い座敷は、大勢のお客様を招く時に使う部屋で、そこにはまだ囲炉裏が残っていた。

「ぜひとも先生に、我が郷戸家を題材にした水墨画を一枚描いていただきたい」

「気が向けば」

「そうですか！　いやぁ、楽しみにしてますよ！」

気が向かなかったら描かないということなのに、父は前向きで、紫水様の返答に機嫌がよくなった。

「さあ、どうぞ。こちらから眺める庭が、我が家で一番素晴らしいんですよ」

書院造の座敷から見える日本庭園は手入れされ、立派な石灯籠と鹿威《ししおど》し。松の木に紅葉、緑の苔が青々と生い茂り、一年中楽しめる庭だ。

大切な客人であることがわかるように、二人は郷戸で一番立派な客間へ通された。

大抵、この立派な客間に入ったお客様は、庭を眺めてから室内に飾られた壺、皿などを褒めるはずだけど――

「千後瀧先生、見てくださいよ。さすが古い家柄の地主の家ですね。そこらにうまそうな……いえ、素晴らしい物ばかりありますよ」

「陽文。あまり見てやるな。家がざわつく」

陽文さんは天井の梁《はり》や建具に目をやり、庭や窓を眺めている。

明らかに、今まで郷戸家にやってきた人たちと違う。

なにが見えるというのだろうか。

「ん？　今、うまそうとおっしゃいましたかな？」

「いえいえ！　うまくできた皿だなぁって」

心のこもっていない言葉だったというのに、父は気づかず、満面の笑みを浮かべた。

「さすが三葉財閥の御曹司だ。お目が高い。これは特別な品でして」

「本当に素晴らしい。つい、熱い視線を送ってしまいました」

ハンチング帽をとった陽文さんは前髪を手で払った。

陽文さんが熱い視線を送っていたのは、皿ではなく、天井や窓あたりだったような気がした。

それに、熱い視線というよりは獲物を狙う目のほうが正しい。

「お茶をお持ちします」

私がこれ以上、ここにいる理由はなかった。

お茶の準備をするため、台所へ向かおうとしたその時――

「こんな田舎まで、わざわざご足労いただきありがとうございます」

母と玲花が現れた。

くちなし色の着物の柄は御所車文《ごしょぐるまもん》、松と菊。

一瞬、今朝の夢を思い出し、ぎくりとして足を止めた。

玲花が着ている着物は夢で見た着物と似ていたけど、まったく違うものだ。

それなのに、首を絞められたかのような息苦しさを感じ、首を撫でた。

「お初にお目にかかります。郷戸玲花と申します」

玲花は三つ指をつき、二人にお辞儀をする。

両親は完璧な挨拶《あいさつ》をする娘を誇らしげに紹介した。

「東京の女学校に通っている娘です。見目も悪くないし、愛想もいい。お二人と話でもどうかと思いまして」

父が落ち着かなかった理由がわかった。

紫水様と陽文さん、二人のどちらかを玲花の夫にしようと父は目論《もくろ》み、躍起になっている。

玲花も母にねだって、東京の百貨店で購入したという棒紅《ぼうべに》をつけて気合いが入っていたのだ。

「親の私が言うのもなんですが、可愛らしい娘なんですよ」

父の褒め言葉に、玲花は薔薇《ばら》色をした唇の端を上げ、艶やかな笑みを作った。

「ありがたい申し出ではありますが、我々の妻は普通の娘では務まりません」

陽文さんはやんわりとした口調で、うまく断った。

けれど、ここで引き下がる父ではない。相手は三葉財閥の御曹司。最初から、父はうまくいくと考えていなかった。

「もちろん、そうでしょうなぁ。お二人の家柄を考えたら、礼儀作法から血筋まで、完璧な相手でなければ、務まりますまい」

「うちの玲花は普通の娘ではございません。普通の娘より勘がよくて、役に立つと評判の娘ですのよ」

「失せ物探しが得意と、周りには言っておりますが、実際はもっとすごい娘でね」

「立場上、敵も多いことでしょう。玲花なら、葉瀬様や千後瀧様がお気に召さないお相手の秘密を暴くこともできますわ」

ここぞとばかりに両親は、玲花が持つ特異な力を売り込む。

両親に褒められた玲花は誇らしげな顔をし、肩にかかった髪を指でくるくると巻いて、気取った仕草をしてみせた。

「確かに普通の娘ではないようですね。でも、僕はどちらかというと、もう一人の娘さんに興味があります。彼女は着物作家である千秋様……いえ、本宮千資《せんすけ》様の元で育った唯一のお孫さんですよね？」

そう言うと、陽文さんは私に向かって、にっこり微笑んだ。

両親と玲花の表情が凍りつき、私の背筋に寒いものが走った。

手塩にかけて育てた娘の玲花より、養女に出した私のほうに興味があると言われれば、そうなるのは当たり前だ。

両親の——特に母の顔が歪む。

「世梨は本宮で育ちましたけれど、私の父の世話をしていただけで、女学校も美術学校も出ていない無芸な娘ですの」

わざわざ言わなくてもいいことを母はムキになって言った。

母は過去に祖父の後継者を目指していた時期がある。

叔父夫婦から聞いた話によれば、母は絵がうまく、美術学校の絵画科に通い、期待の女性画家として注目されていたらしい。

当時、美術学校へ通う女性は少なく、活躍を期待されたそうだ。母は周囲にもてはやされたけれど、祖父は一度も母の絵を褒めなかったという。

祖父は仕事に関して、譲らないところがあった。

自分の仕事に誇りを持っていた祖父は、心から素晴らしいと思ったものしか褒めない。

「本宮のお父様は立派な着物作家でしたけれど、見誤ることもございますわ。その点、玲花は才能があります。女学校の写生で一番をとりましたのよ。ぜひ、ご覧になっていただきたいわ」

母の自慢を聞いた紫水様と陽文さんはなにも言わず、小さく笑った。

それを好印象と取ったのか、母と玲花は私に勝ち誇った顔をし、私に命じた。

「世梨。なにをしているの？　早くお茶を持ってきて」

「気が利かない姉で本当に申し訳ありません」

玲花は振り返り、私に小声で耳打ちする。

「私の着物が立派だからって、物欲しげに見ないでよ！　入ってきた時から見てたでしょ！」

「そんな理由で見てたわけじゃ……」

「嘘つき。私の立派な着物が羨ましかったんでしょ。この着物はおじい様の古くさい着物と違うんだから。有名な着物作家のお友達からいただいたものなのよ」

「おじいちゃんの着物は古くさくなんてないわ」

玲花の着物は、くちなし色に御所車《ごしょぐるま》、松、菊と目新しい図案ではない。

むしろ、私が気になったのは玲花がお友達だと言った着物作家のことだった。

古くから伝わる文様には、それぞれ意味がある。

そう教えてくれたのは、祖父だ。

友人の着物作家から贈られた品だというのなら、ますます気になる。なんらかの意図があって、源氏物語を思い出させるような——六条御息所《ろくじょうのみやすどころ》になぞらえた着物を玲花に贈ったとしか考えられない。

「玲花。この着物はいったい誰から……」

「世梨っ！　奥に下がりなさい！」

母の鋭い叱責の声に、ハッと我に返った。

ここにいていいのは綺麗に着飾った玲花だけ。

両親はみすぼらしい娘を見られて恥ずかしいとばかりに廊下へ追いやり、ぴしゃりと和室の戸を閉めた。

目の前で閉まった障子戸は、私に明るく華やかな世界は相応《ふさわ》しくないと教えていた。

＊　＊　＊　＊

郷戸家の娘、玲花が名の知れたお金持ちと結婚するかもしれない――そんな根も葉もない噂が、村中にあっという間に広まった。

珍しい自動車に乗ってきた東京の人というだけでも、話題の少ない田舎では何週間も語られるような出来事だったのに、それをさらに上回ったのは玲花の結婚話だった。

陽文さんから結婚をお断りされたのに、父は諦め切れない様子で、ならば外堀から埋めて話をまとめてやろうと目論《もくろ》んだらしく、わざと噂を広めたようだ。

けれど、結婚が決まらなかった時の玲花の気持ちを考えると、父のやったことは無責任だとしか思えない。すっかり玲花は二人のどちらかと結婚する気でいて、紫水様と陽文さんから離れなかった。

結婚の噂を聞き、村の子供から大人まで、東京からやってきたお金持ちを一目見ようと、用事もないのに裏口から入ってこようとした。そのため、使用人たちはその都度、対応に追われた。

「はぁ……。今日は疲れたわぁ……」

「旦那様はお客様を宿泊させて足止めしたけど、二人とも玲花お嬢さんに興味なさそうだったわよ。夕飯のお膳を運んだ時も玲花お嬢さんを見るより、着物ばかり見ていたもの」

「なんとか玲花お嬢さんの結婚相手にって考えてるみたいだけど、さすがに無理でしょうねぇ」

「早く休まないと、明日もお客様がいるから大変よ。旦那様ったら張り切っちゃってさぁ」

ごちそう作りと宴会、村人たちへの対応で、使用人たちは全員クタクタだった。

私はというと、お客様の目に触れないよう台所から絶対出るなと、母からきつく申し渡され、ずっと台所にいた。

母が心配しなくても、私から紫水様や陽文さんに会うつもりはない。

あの人たちは私にとって危険な存在で、もう一度会ったら、私が持っているものすべてを奪われてしまうかもしれないのだから……。

着物の袖に隠れた腕を握りしめた。

「お客様はよほど千秋様の着物がお好きなのねぇ。千秋様の着物かもしれないって、わざわざ東京から着物を持ってきて奥様にお見せしていたわよ」

「それは本当ですか？」

祖父の着物は売り払われ、私はその行方《ゆくえ》を追えていない。

「え、ええ……。料理を運んだ時、話しているのを聞いたから間違いないわ」

紫水様は祖父の着物に思い入れがあるらしく、郷戸の家を訪ねてきた。

それを考えたら、紫水様が持っていたという着物は、祖父が遺した着物である可能性が高い。

使用人たちと別れ、私に与えられた布団部屋へ戻った。

耳を澄ませ、使用人たちの足音が遠ざかるのを待つ。

「おじいちゃんの着物を探しに行かなきゃ……」

私が祖父の着物を手に入れられる機会はそう多くない。

けれど、一日の仕事が終わり、疲れ切った体は重く、なかなか動かなかった。疲労が蓄積され、ずっと眠くて仕方がない。

それでも、私を動かしたのは、祖父の着物への執着心だった。祖父の着物には一緒に過ごした思い出が詰まっている。

――せめて私のために作ってくれた着物が一枚だけでも手元にあれば、こんなにも孤独を感じずに済んだのに。

だるい足を引きずりながら布団部屋を出て、音を立てないよう女中部屋の前を通り過ぎる。

そして、長い廊下に立ち、周囲に人がいないことを確認してから、着物の袖に隠れた白い腕を夜の闇に晒した。

痣《あざ》のように浮かぶ数多《あまた》の文様。

私の腕には、多くの文様が刻まれている。

腕だけでなく、私の体の至るところに、今まで奪った文様を宿して、この身に封じ込めた。

これは、私が犯した罪の数と同じ。

「文様【蝶】」

文様の名を呼ぶ。

私の身に宿した蝶文《ちょうもん》が淡い光を放ち、描かれた線が夜の闇に浮かび上がった。

線は形を作り、形は命を持ち、生き物と成る。

「おじいちゃんの着物がどこにあるか教えてくれる？」

淡い光を放つ蝶が、私の指からふわりと舞い上がった。

金色の鱗粉を散らし、一匹の蝶が私を先導する。

着物の在処《ありか》を教えてくれる。

「そっち？」

蝶は客間へ向う。

お客様の多い郷戸では、いくつも部屋がある。

普段使っていない部屋でも、女中たちが毎日掃除し、急な来客にも対応できるよう常に整えられている。その中でも紫水様たちが案内された部屋は、郷戸で一番いい客間だった。

父のことだから、その部屋に泊まってもらうだろうと思っていたけど、私が見つけたいのは着物だけで、紫水様たちと鉢合わせするのだけは避けたかった。

お風呂の湯を沸かす白い煙が夜空に昇るのが見える。

客間に誰かが部屋にいる気配はない。

お風呂に入っている時間帯だったようで、ホッと胸を撫でおろした。

そっと客間の障子戸を開けると、中は暗闇で誰もいなかった。

そして、そこにあったのは、私がどうしても見たかったもの——懐かしい祖父の着物があった。

見覚えのある着物の数々が衣桁《いこう》に掛けられている。

「おじいちゃんの着物……」

金色の蝶は羽を閉じ、衣桁《いこう》の端に止まった。

蝶が放つ光で着物の柄がはっきり見える。

文様は流水文《りゅうすいもん》と桜文《さくらもん》を組み合わせたもの。

桜が咲き、川が流れ、やがてその川に花びらが落ちる——懐かしさに涙がこぼれた。

「これは……三人でお花見に行った時の着物……」

毎年、花の時期になると、家の近くの川沿いへお花見に行った。

散り際の桜が一番綺麗で、桜吹雪の中、川面に落ちる花びらを眺めているのが好きだった。

私と祖父が飽きることなく眺めていたら、祖母が花見弁当を作って持ってきてくれた。

重箱に入った祖母お手製のおかずは筍《たけのこ》や蕗《ふき》を煮たもの、黄金色のふわっとした卵焼き、焦げた醤油が香ばしい焼きおにぎり。どれも本当に美味しかった。

楽しかった思い出を忘れないようにと、祖父が私のために作った着物だ。

『世梨。桜が咲く前にこれを着て友人の家に訪問するといい。少し早い桜を楽しめるだろう』

『あら、あなた。その着物を見たら、余計に桜が咲くのが待ち遠しくなってしまいますよ』

祖母の言葉に祖父はしまったという顔をしていた。

祖父は祖母の前では気難しい顔を和らげ、笑うことが多かった。

そんな祖父母との思い出が残る私の着物は、叔父夫婦によって売られた。

二人が亡くなった後、家にやってきた叔父夫婦は、まるで泥棒のように箪笥《たんす》の中を漁った。

そして、祖父の着物のすべてを奪っていったのだ。

高く売れると言って……

「紫水様、ごめんなさい」

紫水様からは祖父を尊敬し、着物を大事にしている気持ちが伝わってきた。

でも、私は失いたくなかった。

着物を手に入れることができなくても、祖父母との思い出の欠片を残したい。

この身に――

「文様【桜】」

蝶が消え、着物の中にある桜の花が淡く輝きだす。

描かれた桜の輪郭が浮かび上がり、桜の花が夜の闇に咲く――それは、三人で毎年見ていた川沿いの桜の花だった。

懐かしさに泣きそうになるのを堪え、震える手で桜の花を包み込む。

着物から抜け出た桜の花は、私が触れると、形から線に変わり、線は桜の文様となる。

そして、私の身に宿るはずだった。

「やめろ」

横から、私の腕を掴む手があった。

その瞬間、桜の花が散り、光を失い、着物へ戻っていく。

私に触れた手はひんやりとしていて温度がなかった。紫水様には人間らしいぬくもりがなく、水のような冷たさを感じた。

それは、私が発熱した時、祖母が額にあててくれた手ぬぐいの冷たさに似ていた。

――本当に人ではなかった。

驚いて動きを止めている私に、紫水様は険しい顔をして言った。

「体に負担がかかっている」

「紫水様……」

部屋に入ってきた気配はなにも感じなかった。

けれど、私に気づかれないよう隠れていただけで、部屋には紫水様がいたのだ。

着物を衣桁《いこう》に掛け、飾ってあったのも、私をおびき寄せるため。

「このままだと、お前は死ぬぞ」

死という言葉に、ぎくりとして体を強張らせた。

「死んでいいのか?」

紫水様の静かな声音が響く。

怒っていないのに、握られた手から、私が死を望むのは許さないという強い思いが伝わってきた。

――死にたくない。

そう思い、着物から手を離した。

紫水様の私に向ける目が真剣だったというのもある。

「死にたいとは思っていないようだな。安心した」

「死にたいなんて……思ってないです……」

「なら、それ以上、着物から文様を奪うな。今、宿している文様も着物に返せ。体が疲れているのもそのせいだ」

「できません。これがあるから、私は生きていけるんです。祖父母との思い出を失くしたくない……」

祖父の着物は本宮の叔父夫婦に売られるか、郷戸の母に形見分けとして渡された。

私の手元には一枚もなく、あるのは文様だけ。

祖父の着物は両親に愛されなかった私を愛してくれた人がいたという証拠で、これがなくなったら、私はなにを頼りに生きていけばいいのかわからない。

「いや、盗んだ文様は返してもらう」

紫水様は続き間の襖《ふすま》を開けた。

着物を掛けた衣桁《いこう》がずらりと並び、そのどれもが文様を失っている。

祖父の着物が、祖父の着物ではなくなってしまっていた。

不完全な着物は千秋の作品として、認められなかったのだろう。

文様が欠けていて偽物と判断された着物は本物だと気づくことができた紫水様の手に渡ったようだ。

「戻せ」

「嫌です！」

掴まれた手を振りほどこうと、もがいた私の声が夜の闇に響く。

それと同時に鴉の羽音が外から聞こえ、私の声に反応した鴉たちが庭の松の木に止まり、騒ぎ立てた。

『敵だ、敵だ』

そう鴉は言っている。

夜だというのに、やかましく鳴く鴉たちの声に誰かが気づき、どこかで窓が開く。

「なぁに？　鴉がうるさいわねぇ」

「嫌な鳴き声だわ」

使用人たちの気配と同時に、周囲にひんやりした水の気配が漂う。

ハッとして、紫水様の顔を見る。紫水様の黒い瞳は青みを帯び、細められ、夜の空を一瞥した。

その瞬間、ドンッ――と雷が闇を切り裂き、小さな悲鳴がそこらで起きた。

「驚いた……。春の雷《らい》か……」

「どこかに落ちてなきゃいいけどねぇ」

「おい、雨が降ってくる前に窓を閉めたほうがいいぞ」

数回鳴って止んだ雷は、鴉たちへの威嚇と使用人たちを家の中へ戻すため。

紫水様の思惑どおり、雷を目にした使用人たちは窓や戸を閉め、夜は再び静寂を取り戻した。

「静かに。人間も面倒だが、あやかしどもが集まってくるのも厄介だ」

雷に気を取られていて気づかなかったけれど、いつの間にか、客間の障子戸が閉められていた。

「お互い騒ぎはまずい。お前も能力があると知られたくないだろう？」

文様を盗んだ後ろめたさから、黙ってうなずいた。

両親は私のことなど気にも留めておらず興味がないから、私の力がなんなのか知らないと思う。玲花に至っては、私の力を役立たずな力だと言って馬鹿にし、嗤《わら》っている。

両親と玲花に知られたところで、態度は変わらないだろうけれど、周囲から怖がられたり好奇の目で見られたりするのは嫌だった。

「俺は敵ではない」

紫水様の落ち着いた声が、私の動揺した心を鎮めた。

「俺が、お前の力に気づいたのは、着物から文様が失われていたからだ」

「どうして、私の仕業だとわかったんですか?」

「妻を亡くした千秋と暮らしていたのは孫娘だけだった。本物を偽物として売った人間より、本物と知っている人間が、着物になにか細工をしたと考えるほうが自然だろう」

売ったのは母の弟の叔父だ。叔父は幼い頃に自分には絵の才能がないと悟り、祖父の跡を継ぐことを諦めた。母と違って美術学校へ通うこともなく、着物に興味を持たないよう過ごしてきた。

母ほど絵に詳しくない叔父は祖父の着物の価値など考えず、買ってくれる人間に売り飛ばし、お金に換えてしまった。

「誰も気がつかないと思ってました」

「千秋をよく知る者ならば気づく。あいつが駄作を世に出すわけがないからだ」

祖父の真剣な姿を近くで見て育ったから、私も知っている。

知っていたのに、孤独に負けて、祖父の着物から文様を奪ってしまった。

「ここへ俺が来たのは、着物を手に入れるためだけじゃない。お前のその力は、人の身には過ぎた力だと警告するために来た」

「人の身に過ぎた力ですか……?」

「疲労しているだろう。元々、人の身で使えるような力じゃない。それをいつも使っていれば、やがて力尽きる。そして、弱い人の体では耐え切れなくなり死ぬ」

「……死ぬ」

これは脅しじゃない。

以前のように眠っても、私の体から疲れが取れない日々が続いていた。新しい生活に慣れていないだけだと思い、気にしていなかったけれど、体に宿した文様のせいとは考えなかった。

文様は私を守るものだと、思っていたから。

「わかったら戻せ。うるさい鴉どもはあやかしだ。お前が持つ力に気づき、自分の嫁にしようとお前を狙っている」

「そんな……。誰も……私のことなんて……」

「狙っているのは鴉の一族だけではない。この一帯にいるあやかしはお前が持つ力に気づいたぞ。鴉に負けて表へ出てこられないだけだ」

いつも私を監視していた鴉。

あれは偶然ではなく、獲物に逃げられないようにして、それから確実に手に入れる算段だったのだ。

「今、鴉が鳴いてるのは、自分たちの縄張りに獲物を奪う奴がやってきたと、仲間に伝えているからだ」

　雷によって一度は鳴き止んだ鴉たちだったけれど、今度は離れた場所で鳴いて仲間を呼んでいた。

　庭から聞こえるはばたきは一羽二羽の音ではなく、数を徐々に増やしているのがわかる。

「他にも力を持つ女性はいます。なぜ、私を妻にしたいのか、その理由がわかりません」

「気づいているだろうが、俺も陽文も人ではない。だからわかる。その文様を奪う力は他にない特別な力だということが」

　私は紫水様たちが人ではないと言われても驚かなかった。

　紫水様は私の力が特別だと言ったけれど、雨を止ませ雷を操る力は、私や玲花が持つ能力とは格が違う。

　人であるほうが不自然だ。

「あやかしのほとんどが、棲家を追われた神だ」

「紫水様と陽文さんも居場所を失ったんですか？」

「いや？　俺と陽文は人の世に興味があり、神ではなく人になりたいと自ら望んでここにいる。だが、それは稀《まれ》なことらしい」

確かに『神様をやめて人間になります』なんて、ちょっと変わっているかもしれない。

「神に人の世の執着はない。だから、神をやめた俺は蒐集《しゅうしゅう》、陽文は享楽の業を持つ。簡単に言えば、人間として生を楽しみたかったということだ」

「……わかりやすいです」

物欲を優先して、好きな物を集めていると語った紫水様は堂々としていた。

その私欲を隠さない態度がいっそ清々しい。

「人になれず、神でもなくなった我々は、あやかしと呼ばれる。あやかしから人により近くなるため、人を知らなくてはならない……らしい」

紫水様は自分の手のひらをジッと見つめた。

私に説明してくれているけれど、紫水様自身もよく理解していないようだった。

「力を持つ人間の娘を妻にすれば、人に近しくなれるのですか？」

「たぶんな」

「それで、私が狙われているのですね……」

「そうだ。そして、特殊な力を持つ娘との間に生まれた子は、あやかしとしての力を失わない。あやかしたちは己の血筋と力を絶やさぬように、嫁の資格を持つ娘を探し回っているってわけだ」

そんな事情があるとは知らず、私は不用意に力を使い、鴉たちに見られてしまった。

「一族を守るためでもある。あいつらが必死になるのもわかる。だが、このままだとお前は鴉の嫁になるぞ」

「そんな……」

「俺と取引をするか？　千秋の着物に文様を戻すと約束するなら、お前の身を守ってやろう」

「紫水様に身を守ってもらう代わりに、私は文様を失うということですか？」

「なんだ。不満か」

祖父が死に、私は今まで持っていたものすべてを失った。

この身に祖父母との優しい思い出を閉じ込め、それに縋《すが》って生きてきた。

「私を守るなんて信じられません。価値があると言われても、私は自分の価値がわからない……」

私が文様を返したら、紫水様は着物を持って東京へ戻ればいいだけ。鴉の嫁になろうが、あやかしたちに狙われようが、紫水様にとって、どうでもいい話だ。

「少なくとも、あやかしたちはお前をこのまま放っておかない。一番安全なのは、お前が俺の妻になることだ」

「紫水様の妻になる……」

「形だけでも強い者の妻になれば、弱い者は手を出せない。実際、鴉たちは近づけずにいる。だが、それでも諦めずに追ってくるだろう。その時、お前は自分の価値を知る」

紫水様の言う通り、紫水様たちが郷戸へやってきてから、鴉たちは遠巻きに眺めるだけで、近づいてこない。

鴉たちにとっての『恐ろしい客』であり、私を嫁にしようと目論《もくろ》んでいた鴉は、紫水様たちが邪魔なのだ。

「お前が生きていくには、千秋の着物が必要なんだろう？　だから、文様を奪った。千秋の着物さえあれば、文様を奪う理由はなくなる。違うか？」

「その通りです……。おじいちゃんの着物には、私の幸せだった頃の思い出が詰まっているんです。幸せだった頃の自分を忘れたくなかったから、私は文様を奪った……」

「俺は責めているわけじゃない。千秋が孫娘のために作った着物はお前の物だ。好きにしたらいい」

紫水様は衣桁《いこう》に掛けられた桜色の着物を手に取り広げると、私の体に羽織らせた。

夜の闇に桜が白く浮かび、美しく咲いている。

「俺は嫁取りをしないつもりだった。だが、このままだとお前が死ぬ」

「そんな死ぬだなんて……」

「危険だから言っている。体に負担がかかっていることを自覚しろ」

自覚していても口に出せずにいたのは、私を心配してくれる人は誰もいなかったからだ。

私を大切に育ててくれた祖父母がいなくなった今、私が頼りにできたのは自分の力だけ。

紫水様の視線は、腕をきつく握りしめた私の手に向けられていた。不安になると、無意識のうちに自分の腕に触れる癖がついてしまった。

「私が紫水様の妻だなんて、ご迷惑でしょう……。それに、着物は紫水様が買い取られた物です。私が図々しく自由にしていいものではありません」

「なんだ。俺が独り占めすると思ったのか。俺は自分の欲に従い蒐集《しゅうしゅう》するが、作り手の意思は尊重する。無粋な真似はしたくない。その着物もお前が一番よく似合う」

紫水様は純粋に祖父の着物が好きで、本業が蒐集家《しゅうしゅうか》というのも嘘ではないらしい。

「俺は物を蒐集《しゅうしゅう》するのが仕事だ。お前は文様を使い、千秋の着物を探して俺の手伝いをする。その代わりに俺はお前を他のあやかしから守る。お前にとって悪い話ではないはずだ。俺とこの条件で取引をし、契約するか？」

――契約結婚。

つまり、紫水様と嘘の夫婦になり、形だけの結婚をするということだ。

「紫水様はおじいちゃんの着物を一緒に探してくれるんですか？」

「そうだ。世梨。俺が千秋の着物をすべて取り返してやる」

「すべて……」

続き間に並んだ着物を眺める。

文様を失った着物は駄作だ。

天才着物作家と呼ばれた祖父の着物を、私が駄作にしてしまった――私は祖父に謝りたい。

後悔が今になって押し寄せてきた。

「泣くな。千秋もわかっている」

「でも、私がおじいちゃんの名を貶《おとし》めて……」

「あいつは気にしない。自分の名誉より、お前を遺して逝くしかないことを気にするような奴だった。お前のために、千秋が作った着物の数々がそれを語っているだろう？」

紫水様の熱のない指が私の涙をぬぐう。

「俺の本業は蒐集家《しゅうしゅうか》。本性は龍。人ではないが、世梨。俺の妻になるか？」

「龍……龍神……」

「そうだ。そこらのあやかしどもとは、格が違う」

人ではない者の妻になる——それでもいい。

私をここから連れ出して、祖父の着物を取り戻してくれるのなら、この身を捧げることくらいなんでもない。

「承知しました。紫水様の妻になります」

形だけとはいえ、私は龍神である紫水様に嫁ぐことを決意し、この契約結婚を承諾した。

「よし。では、着物に文様を戻せ。ここにある着物だけでも戻せば、少しは体が楽になる」

手をかざし、着物へ向ける。

私の利き腕から少しずつ文様が這い出て、本来あるべき場所へ戻っていく。

「蝶文《ちょうもん》、菊文《きくもん》、薔薇《ばら》まであるのか。千秋め。後から新しい文様を試したな」

俺が知らないものがあると、不満げにぶつぶつ言っていた。

紫水様は心から祖父の着物が好きなのだとわかった。

だからこそ、紫水様が人でなくても信じられたのかもしれない。

祖父の着物を愛する者同士として。

文様の名を呼び、体からひとつひとつ解放していく——部屋に花や生き物が満ち、華やかで美しい光景が目の前に広がる。

「桃源郷のようだ」

そう言うと、紫水様は眩しげに目を細め、黙ってその光景を眺めていた。

並んでいた着物に柄が戻った瞬間、体から力が抜け、崩れ落ちそうになった私を紫水様が受け止めた。

魂に対して肉体が重いという感覚は初めてで、自分がどれだけ限界まで力を使い、危険な状態であったのか、ようやく理解した。

「疲れただろう？　もういいから休め」

「紫水様……」

「文様の代わりに俺の印をやる。それを契約の証しとする」

ひんやりとした水のような感触が手のひらに伝う。

紫水様の唇が手のひらに触れているのに、ぬくもりはなく、氷水に触れたようだった。

「龍の文様だ。これでお前は俺の加護を受け、文様を身に宿していても疲れにくくなる」

唇が離れた後には、手のひらに黒く小さな文様が刻まれていた。

まるで、墨絵のような。

「紫水様の唇は……冷たいです……」

「人から遠い存在だからな。人に近づくには人を知らなくてはならない」

——だから、我らには嫁がいるのだ。

その声は紫水様だったのか、外の鴉が言った言葉だったのか、意識が遠退く中、確認することはできなかった。

けれど、熱がないはずの紫水様が刻んだ龍の文様。

手のひらから、ないはずの熱を感じ、不思議と心が安らいだ。

私は祖父母が亡くなってから、初めて深い眠りに落ちることができたのだった。

＊　＊　＊　＊

——その男は天才だった。

名を本宮千資、雅号は千秋。

千秋万歳《せんしゅうばんざい》から名付けた雅号は、愛する妻と長く共に生きられるようにという願いを込めて付けたそうだ。

気難しく偏屈な男だが、妻だけには頭が上がらない。

千秋はかけた眼鏡のずれを指で直すと、俺が描いた絵を机に置いた。

「ふむ……。紫水。お前は水墨画をやるといい」

俺が千秋のようになりたいと知っているくせに、千秋は水墨画を勧めてきた。

ぱっと見は好好爺《こうこうや》に見えるが、眼鏡の奥に隠れた目は鋭く、自分の信念を曲げない狷介《けんかい》な男である。

仕事場の机には鉛筆や使い込んだ絵筆などの仕事道具が並んでいる。それらは真っ直ぐ並び整然としており、主の性格が見て取れる。

「そうか。お前がそう言うなら間違いないだろう。俺は水墨画のほうをやる」

素直な俺に千秋は笑ってうなずいた。

「紫水。その姿のせいか、お前が自分の孫のように思えるよ」

「誰が孫だ！　お前より年上だ」

俺の外見は子供だが、中身は数百年は生きている龍である。

憎たらしいことに、俺を子供扱いした千秋に憧れ、人の世に導かれた。

だから、俺も絵をやろうと思ったわけだが、千秋に見せた日本画は横へ追いやられ、奴が手にしているのは、なんとなく描いてみた水墨画だった。

千秋は残酷で正直な男だ。

俺の前にも絵を持ってきた先客がいた。

中学生くらいの男子学生だ。元は日本画家だった千秋に絵を見てもらおうとやってきたのだろう。

しかし、俺が千秋の仕事部屋に入ると、学生が描いたであろう絵は破かれ、そこらじゅうに散らばっていた。

破り方の荒々しさを見る限り、おそらく破ったのは千秋ではなく、本人だろう。千秋は穏やかな性格で、自分の失敗作に対しても静かに葬る。

「なあ、千秋。少しは遠慮というか、手加減をしたらどうだ。さっき来た子供は中学生くらいだったよな？」

「うん？　よくなかったかい？　画家になるなら美術学校へ行けと言ったのは、優しさのつもりだったんだがね」

本気で絵をやるなら美術学校へ行ったほうがいいと、告げられた少年の顔が無表情だったのが気になる。

感情を殺した少年らしからぬ顔だった。

「孫に嫌われたくなかったが、これぱかりは仕方ない」

「なんだ。さっきのは千秋の孫か？」

「ああ。娘の嫁ぎ先で生まれた外孫だ」

そういえば、部屋に入る前、千秋の孫娘が清睦兄さんと呼ぶ声が、背後で聞こえたような気がした。

「孫の清睦は賢い。今から練習すれば、美術学校に合格できただろう」

「それなら、千秋の弟子にして、教えてやればよかったんじゃないか？　お前、弟子が欲しいと言ってたよな？」

「弟子か……。あの子は美術学校へ行けば、そこそこの画家になっただろうが、その先には行けない」

そうだ――千秋は軽々と飛び越えて、その先へ行く。

元々、日本画家だった千秋は画家としても評判が高かった。

のどかな村の絵、草の中に紛れる虫、雀《すずめ》たちが稲穂に集まり、落ちた米をついばむ姿の掛け軸。それらはすべて俺が蒐集《しゅうしゅう》した。

その縁で美術商を介し、こうして千秋の家に出入りすることになったのだが、これほど容赦のない人間だとは思わなかった。

「お前の絵は美しく優しいのに酷い奴だ」

「そうかね」

千秋は笑い、ふと視線をよそへやる。

その視線を追うと、一枚の絵に行き着いた。千秋の仕事場に絵が飾られているのを見たのは初めてだった。

黄色が眩しい菜の花の絵。

そこに菜の花畑が見える窓があるのではと、錯覚するような生き生きとした絵だった。

千秋が描く絵に似ていて、なにかを語る絵だ。絵の中に世界があり、菜の花畑の向こう側が見える気がした。

「あれは、千秋が描いた絵にどことなく雰囲気が似ているが、千秋の絵ではないな?」

尋ねると千秋は顔を歪めた。

この絶対的な才能を持つ男が、こんな顔をするとは思わなかった。

その表情の名は『嫉妬』だ。

「それは、あの子が描いた」

庭先の小さな畑で体を屈め、野菜を収穫する少女がいた。

千秋の孫娘だった。

病を患った千秋の妻に孫娘が寄り添っている。

「病床にいた妻に見せようと、孫娘が庭の菜の花を描いた。もう起き上がれないと思っていたが、菜の花を見たいと言って、ああして庭へ出てくるようになった」

千秋の仕事場の机のそばに小さな窓がある。

その小さな窓から庭を眺めている我々に孫娘は気づかず、収穫した野菜を祖母に見せている。

咳をひとつした祖母に不安げな表情を浮かべ、自分の小さな手を貸し、家の中へ入っていった。

「あの子の名は世梨という。叶うことなら、世梨の成長を見届けてから逝きたい。だが、これればかりは順番だ。仕方がない」

千秋もまた病を患っている。

誰にも言わずにいるが、命をなんとか引き延ばそうとしていた。

俺が与えた龍の文様によって、体を蝕《むしば》む病を抑えているが、何年持つかはわからない。

千秋は手のひらの黒い龍の文様を悲しげに見つめた。

「なぁ、紫水よ。あの子が十八になるまで生きていられるだろうか」

「たぶん、それくらいまでなら」

「そうか」

「孫娘を弟子にするのか？」

千秋は笑う。

その笑みは肯定の意味を持っていたが、それとも少しだけ違っていた。

「幼い頃から世梨に少しずつ自分の技と知識を与えてきた。十八になる頃までには一枚くらいは作れるようになっているかもしれない」

それなら、千秋の弟子として、食うに困らぬ生活を送れるだろう。

だが、そのために千秋が世梨を選んだのではない。

飾られた絵と千切れた絵が残酷なまでに世界を別け、それを教えていた。

「千秋。俺が欲しいと思えるくらいにまで、孫娘を育てろよ。お前が逝った後の人の世が退屈すぎると、俺は暴れるかもしれないぞ」

「ははは。紫水よ、その台詞はまるで世梨を嫁に欲しいと言っているようだ」

「馬鹿を言え。俺は嫁を娶《めと》らない。俺はお前の着物に魅せられて人の形になったんだからな。欲を満たすためだけの蒐集家《しゅうしゅうか》だ」

澄んだ川にたなびく反物、川面に浮かぶ柄の美しさと鮮やかな色。それが祭りでもなんでもなく、反物の余計な染料などを落とすための水洗い作業だったと知ったのは、人の形になってからのことだ。

人の世には、美しいものがたくさんあり、俺の好奇心を満たし、興味を引く。

「この身に、お前が描いたものを宿せたなら、蒐集《しゅうしゅう》せずに済むのだが」

人の姿になってからは、川から消えた反物の行方《ゆくえ》を追った。

反物は着物に仕立てられており、そこから千秋へ辿り着いたのだ。

「紫水は面白いことを言う。文様なら身に宿せるぞ」

「なんの冗談だ。まさか、お前に特殊な力があるとでも言うつもりか」

「孫娘だ」

そう言うと、千秋は俺に頭を下げた。

突然のことに驚き、言葉を失った。

見た目より頑固で、プライドの高い千秋は簡単に頭を下げるような男ではない。

「紫水。孫娘を頼む。もしもの時は嫁として引き受けてくれ」

千秋は俺と出会った時から、自分が逝った後のことを考えていた。

——あれから、千秋の妻が先に逝き、孫娘が十八になる前に、千秋が逝った。

千秋の命を延ばしたが、限界がきてしまった。

奴の遺言を守ったわけではないが、死にかけていた世梨を見て勢いで妻にした。これで千秋の思惑どおりになったわけだが、世梨に興味があるのだから仕方がない。

「さて、千後瀧本家になんと説明するかな」

俺は嫁を迎える気はないと本家に告げていた。

蒐集《しゅうしゅう》するという目的のためだけに人の形を得たせいか、長らく蒐集《しゅうしゅう》以外、興味が持てなかった。

その俺が初めて千秋以外の人間に興味を持った。

俺自身と世梨に接点はない。千秋の家へ通っていたが、世梨と会っていたとしても、子供姿の俺を一瞬見たかどうかだ。千秋の孫であっても興味が持てなかったら、それまでだったはずだ。

だが――眠る世梨の顔を見る。

「文様を身に宿すか」

疲れ切って青白い顔した世梨を見た時、放っておけなかった。

絹糸のような黒髪を指で梳《す》く。人を慈しみ愛するという気持ちとは、いったいどんな気持ちになるものなのか俺はまだ知らない。

今の自分の感情に名前を与えるとしたら――それを考えた瞬間、殺気を感じた。

「龍よ。我々が選んだ花嫁を奪うつもりですか？」

夜明けが近づき、紫に染まった障子戸に映った影がひとつ。それは鴉ではなく人の姿をしていた。

――鴉の当主が来たな。

世梨を狙っていたのは鴉の一族、それも当主だ。

我々は力が強ければ強いほど、完璧な人の姿をとることができる。

当主を俺から守ろうと、鴉たちの影が集まり、影の色が障子を黒く染める。無数の鴉たちと俺を隔てるのは、障子戸のみ。

鴉たちは昨晩のように、やかましく鳴き声を上げて騒ぎはしないが、仲間を呼び増えていく。障子戸を黒く染める影は、鴉の羽根が幾重にも重なり、影の色を濃くした。

「俺たちの嫁取りに、順番があったとは初耳だ」

「確かに順番はありませんね。ルールはただひとつ。強い者が手に入れる。それだけです」

穏やかな口調だが、内心では面白くないと感じているのが、放たれた殺気でわかる。

鴉の一族の当主じきじきに来ているということは、隙あらば世梨をさらうつもりだったのだろう。

だが、世梨のそばには俺がいたというわけだ。

「強い者が手に入れるというのなら、鴉が俺から世梨を奪うのは無理だな」

「たいした自信ですね。だが、龍よ。我らが簡単に諦めると思わないでいただきたい……！」

笑っているが、相当怒っているらしく、唸るような声だった。

俺が『永遠に無理だぞ』と言うところを遠慮して口に出さなかったのだから、感謝してほしいくらいだ。

他の鴉たちは、俺を威嚇しているのか、やかましく鳴く。

――耳障りだ。そろそろ追い払うか？

しかし、庭を雷で焼いては大事になるかもしれない。昨日、郷戸の主人が庭を自慢していたのを思い出し、渋々思いとどまった。

「人の姿で力を加減するのは難しい。うまく調節できないのが難点だな。奴らを追い払えたら、それでいいんだが」

「なら、僕が追い払いましょうか」

障子戸に映る姿は人の形をした影だった。ただし、尻尾と耳がある。尻尾はふさふさしており、狐のものだとわかる。

「狐のあやかしだと……？」

さっきまでギャアギャア騒いでいた庭の鴉が急に静かになった。

陽文は簡単に本性を晒したりしないが、正体をわずかに見せることで鴉たちを圧倒し、黙らせた。

「狐がいるとは聞いていたが、まさか三葉の狐だったとは……」

「あれ？　僕ってば、有名でした？」

「もちろん……。性悪だと有名ですよ。人の世に出て長く、敵も味方も欺く狡猾《こうかつ》な狐の一族を知らぬ者はいないでしょう」

「失礼だなぁ」

障子戸向こうの陽文は不満そうな口調だったが、実際、狐の一族の立ち回りはうまい。

その時代にあったように行動できる狐は、あやかしたちの中でも早く人の世に馴染み、ほとんど人と変わらぬ暮らしをしている。

「龍と狐が集まっては不利ですね。一旦、退却しましょう」

鴉たちが一斉に鳴き出し、仲間たちに退却の合図を送る。

障子戸に映る影が徐々に減り、鴉たちが飛び去っていく。

最後の一羽が去ると、陽文が戸を開けた。

すでに陽文の耳と尻尾は消えており、完璧な人の姿に戻っていた。

陽文は俺のそばで眠る世梨を見て、低い声で俺に言った。

「あーあ、先生。ずるいですよ」

「先生は嫁取りに興味がないって言ってたから、僕が世梨ちゃんを嫁にもらうつもりだったのに」

「残念だったな」

普段は明るい声で話し、腹の中を見せようとはしない陽文だが、嫁取りとなると別だ。

一族の存続がかかっている。

「妻に相応《ふさわ》しい女性を見つけたんですから、僕も簡単に諦めませんけどね」

陽文は部屋に入り、世梨の横にひざまずいた。だが、世梨の手のひらにある龍文《りゅうもん》を見て、髪の先にすら触れることはできなかった。

「……ずるいですよ。世梨ちゃんに龍の力を与え、自分以外近づけないよう結界まで

かった。
あやかしの嫁取りは奪い合い——それは力と力をぶつけるような戦いだけではな
「悔しいなら、俺に挑めばいい」
作って。先生は意地悪ですね」

人の世で戦うのだから、騙し合いや駆け引きもある。

陽文は狐のあやかしだけあって、立ち回りがうまい。

正面から戦わず、信頼させておいて奪っていく。

ある意味、鴉より厄介だ。

「先生を敵に回したくありませんよ」

女性なら喜ぶであろう微笑みを陽文は浮かべ、俺に言った。

これで、要注意確定だ。

「俺はお前の嘘くさい笑みに騙されないからな」

「うわっ！　酷いな！　僕は先生を尊敬してるのに、そんなこと言っちゃいます？」

俺たちが騒いでいると、すでに日が昇り、障子戸から白い朝の光が差し込んでいた。

「紫水様……？　ここは……」

朝の光で目が覚めたのか、世梨がぼうっとしながら、頭を持ち上げた。

俺が隣にいるのを見て、不思議そうな顔で首を傾げた。

「暗くない……？　ここ……布団部屋じゃない？」

世梨は寝ぼけた声で言うと、目を大きく見開き、布団から起き上がった。

「し、紫水様！　も、申し訳ありません。私、お客様の部屋で眠ってしまって……。その……布団まで占領して」

「ああ。問題ない。一緒に眠ったから」

「いっ、一緒に？」

世梨は顔を赤らめ、どうしようと呟く。そこまで慌てなくてもというくらい焦っていた。

「これくらいで動揺するな。お前は俺と結婚するんだろう？」

「でも、それは……」

陽文に気づき、世梨は口ごもった。

形だけの結婚とはいえ、他のあやかしたちには、俺たちが本当に結婚したと思わせなくてはならない。

「ちょっと！　世梨さんがいないわよ！」

「旦那様ぁ！　奥様！　世梨さんがいらっしゃらないんです！」

部屋に世梨がいないとわかった女中たちの大騒ぎする声がここまで聞こえてきた。

世梨は慌てて立ち上がり、部屋を出ていこうとしたのを止めた。

「待て。ちょうどいい」

痩せた世梨の体は軽かった。

腕を掴んで、こちらへ引き寄せる。

「先生。まさかとは思いますが、もう結婚するつもりですか?」

「そのつもりだ。鴉だけならともかく。お前が一番危ない」

「嫌だなぁ。先生、僕を信用してくださいよ」

身近にいる分、鴉より危険だ。

陽文が俺についてきたのも、世梨を狙ってのことだろう。

俺と同じく着物の文様が欠けているのを目にした時、世梨の力を察したに違いない。

「世梨はここにいる」

声を上げて人を呼ぶと、女中が走ってきて、先の廊下で立ち止まった。

寝癖をつけたまま、やってきた世梨の父親も息を呑む。

「こっ、こ、これは、どういうことですかな? なにがなんだか、その、さっぱり……」

握る手から、世梨が身を強張らせたのがわかった。

陽文の目は冷たかったが、俺は構わず告げた。

「世梨を俺の嫁にもらう」

人間の世では、段取りが必要だと聞いている。

両親への挨拶《あいさつ》というやつらしいが、これで合っているのかどうかわからない。

「は、はぁ、世梨を……」

細い指に俺の指を絡め直す。

その絡めた指の手のひらには、俺の印が刻まれている。

龍の文様――世梨の身に、自分では消せぬ文様を与えたのだった。

＊　＊　＊　＊　＊

「いやぁ、めでたい。まさか上の娘を気に入ってくださるとは思いもしませんでした」

父は紫水様から私と結婚したいという話を聞き、ふたつ返事で承諾した。

私は初めて郷戸の家族と食事を共にし、朝食の席では分厚い卵焼きを食べた。

「女中扱いしていたわけじゃないんですよ。女学校に通わせてる下の子と違って、一般家庭に嫁ぐだろうと思って、親心で家事をさせていただけですの」

母は笑みを浮かべ、苦しい言い訳をした。

私に冷たかった母の態度が一変したのは、兎《と》にも角《かく》にも娘を紫水様か陽文さんのどちらかに嫁がせたいという父の考えに従ったからだった。

父は自分の利益になるとわかれば、すぐに手のひらを返した。

女中たちと同等だと思っていた娘が気に入られ、父は大喜びで私を布団部屋ではない空き部屋に移した。さらに父は紫水様の気が変わらぬようにと、必死に私を売り込んだ。

「確かに下の子より、地味な姿ですがね。一通りの家事はこなせますし、嫁にやるにはちょうどいい娘です。いいご縁がないか探していたところですよ」

妹の玲花はというと、今まで父の眼中になかった私が急に娘扱いされて気に喰わないらしく、箸をきつく握りしめ、こちらをずっと睨《にら》んでいた。

玲花の機嫌が悪くなるのを見越してか、朝食のお膳に牛肉の大和煮があった。牛肉の大和煮の缶詰は、父が東京の百貨店で購入したもので、とっておきの品だった。

それを朝食に出したのは父の指示に違いない。

父の目論見《もくろみ》どおり大和煮の効果はあったようで、玲花が癇癪《かんしゃく》を起こし、お膳をひっくり返すことはなかった。けれど、不満はしっかり口に出す。

「お父様。世梨は女学校も出てないのよ？　立派な家柄のお家へ嫁がせるなんて、郷戸の恥よ！」

「玲花。お前が言いたいことはわかる。だが、これは郷戸にとって、絶好の機会なんだよ。政財界に顔が利く千後瀧家だぞ」

玲花がなにを言っても父は相手にせず、頭の中にあるのは千後瀧の名前だけだった。

父は張り切って、朝食の後、和室の客間に場所を移した。

昨日の客間とは違う部屋で、ここの客間には樹齢の長い欅《けやき》の木から作られた立派な一枚板の大きなテーブルがある。

木目の中にある丸い玉杢《たまもく》が美しく、父自慢の欅《けやき》のテーブルに紅茶とカステラが置かれた。

「コーヒーはどうも苦くて飲み慣れないのですが、紅茶だと飲みやすい。自分はこちらが好きでしてね」

「郷戸さんが紅茶を嗜《たしな》む方とは知りませんでした。泊めていただいたお礼に、のちほど紅茶の葉を届けさせましょう」

「それはありがたいことです。国産紅茶もなかなかのものでしてな」

「わかります」

陽文さんは父と上手に会話を交わしながら、ソーサーに手を添え、ティーカップを持ち上げる。

そして私に向かって、にっこり微笑んだ。

私が洋食器に慣れてないことに陽文さんは気づいたようで、どう扱えばいいのか、

ろう。


さりげなく教えてくれた。

私が恥をかかないよう気遣ってくれたおかげで、玲花に馬鹿にされずに済んだ。

ここで失敗しようものなら、再び玲花から紫水様との結婚を反対されてしまっただろう。


一方の紫水様は手をつけておらず、なにか考え込んでいた。

「郷戸の主人。ひとつ聞きたいのだが、ご長男はどちらに？」

紫水様は清睦さんのことを知っているのか、父に尋ねた。

清睦さんは帝大に通っていて、今年は正月も帰郷せず、東京で過ごすと言って、下宿先で年を越した。郷戸へ帰ってきたのは、私が来る前のことで、私はまだ清睦さんと顔を合わせていない。

「息子は東京の下宿先から帝大に通っていましてね。いやぁ、自分に似ず、優秀な子でして。郷戸の跡取りとして、立派に育ってくれています」

なんだ、美術学校ではないのかと、小さな声で紫水様が呟いた。

その声は私以外、聞こえていなかったようで、父は構わず話を続けた。

「カステラを召し上がってください。郷戸は昔からの家ですが、洋食も口にするんですよ。西洋かぶれだと、馬鹿にする者もいますがね」

玄関から入ってすぐの座敷の片隅には、囲炉裏がまだ残っている。

肌寒い日だからか、今日は囲炉裏が珍しく使われていて、この客間にも火鉢がひとつ運ばれてきた。

「東京の家には暖炉があったのですが、先の震災で焼失してしまいましてね」

「わかります。大変な出来事でしたから。三葉財閥の建物も多く焼失しました。奥様のご実家である本宮の本家もですよね？」

「ええ……」

気まずそうに母はうなずいた。

表向きは家が焼けたからと言っているけれど、実は本宮の本家は事業に失敗し、家を売りに出していた。すでに郊外の借家に移っていた叔父夫婦は無事だった。

借家暮らしが嫌だったのか、祖父が亡くなるのと同時に訪ねてきて、私を追い出し、祖父の家に住みだした。

私が叔父夫婦の裏事情を知ったのは、郷戸へ戻ってからのことで、それも母の愚痴からだった。叔父夫婦が祖父の財産をほとんど持っていったため、母はそれが不満だったようだ。

「弟夫婦は父が遺した財産で、なんとか生活していますの」

「なるほど。生活が苦しくて千秋の着物を売り払ったのか」

「ええ。お恥ずかしい限りでございます。弟は父の形見分けと言って、着物を何着か持ってきたのですけれど、どれも失敗作ばかり。千後瀧様にとてもお見せできるようなものではありませんわ」

母と違って、父は着物には興味がなく、どうでもいいだろうという顔をしていた。

「もし、いらないのであれば、売っていただきたい」

「でも、失敗作ですのよ?」

「構わない。千秋の作品はすべて手に入れたい」

祖父の失敗作だと思っていた母は、渡された着物をすべて着物箪笥《きものだんす》に片づけ、一度も袖を通したことがなかった。それを買ってくれるとあって、母は嬉々として女中に言いつけ、着物を持ってこさせた。

玲花は祖父の着物に興味がないようで、ずっと退屈そうにしていた。

「お母様がもらった着物って、ほとんど無地か地味な柄よね。流行りの柄じゃないし」

そんな着物はいらないわと、玲花は言って紅茶を飲んだ。

「間違いなく、千秋の着物だ。千秋の落款《らっかん》がある」

着物の内側に記された祖父の落款《らっかん》。紫水様はそれを本物の証拠として全員に見せた。

祖父の雅号である『千秋』の文字が刻まれている。

「千秋は必ず、自分の作品に落款《らっかん》を入れていた。それは本人のみならず、弟子にもそうするよう伝えていた。違うか？」

紫水様は私に尋ねた。

きっとこの中で唯一答えられるのは私だけだと、判断したせいだろう。

そして、柄の欠けた部分の文様を持っているのは私自身。まだ体には着物の文様が残っていた。

「……そうです」

着物の袖に隠れた腕に触れ、私が返事をすると、紫水様は全員の前ではっきり言った。

「これをすべて、売っていただきたい」

「こんな失敗作をすべてご購入されるのですか？」

驚く母に紫水様はうなずき返した。

「失敗作ではない。千秋は自分の失敗作を世に出すような男じゃなかった」

「凡人の目には失敗作にしか見えませんが、さすが千後瀧先生。芸術家でいらっしゃる」

父は西洋の美術品には興味があるけれど、着物には詳しくなく、母が持ってこさせた祖父の着物をちらっと見ただけだった。

「こちらで全部になりますわ」

母のほうは祖父の着物の価値がわかっているけれど、失敗作はいらないと思っていた。でも、着物はすべて本物である。

隣に座る紫水様をちらりと横目で見ると、目が合って紫水様はにやりと悪い顔で笑った。

「千秋様の落款《らっかん》は本物ですが、よろしいのですか？」

「もちろんです。私は千秋の娘。落款《らっかん》が本物かどうか判別できます。これは、父の失敗作です」

「そうですか」

陽文さんからも確認されたけれど、母はいい機会だと思ったらしく、すべて売ることに決めたようだった。

「買っていただけて助かりましたわ。二束三文にしかならないと諦めておりましたから」

母は上機嫌で、着物を売ったお金でなにを買おうか算段している。

「あー、その。それでですな。娘の結婚についてなんですが」

内心、父は着物どころではなかった。

早く私の嫁入りの話をまとめたくて仕方がなく、着物の話をしていても上の空で、ずっとソワソワしていた。

「世梨を嫁にもらう」

「そうですか！　いやいや、それで、いつ頃に？　早いほうがよろしいですかな？　こっちとしては明日にでも嫁にやりたいくらいなのですが」

「さすがにそれは、早すぎませんか？」

前のめりになる父を陽文さんが苦笑し、止めた。

けれど、紫水様は拒まなかった。

「俺は明日でも構わない」

「本当ですか！　では、急ぎ嫁入りの支度を！」

父は興奮気味で立ち上がり、明日と聞いた母が慌てだした。

「ま、まあ！　こんな急に……。あなた、招待客に連絡をしなくてはならないでしょう？」

「千後瀧様がいいと言っているんだ。とりあえず、招待できるだけの人間を集めるぞ。それで、千後瀧家へのご挨拶《あいさつ》はどうすればよろしいですかな？」

「千後瀧家には連絡不要だ」

「いや、しかし……ご当主に相談せず、結婚されると後々面倒が起きるのでは？」

父の言葉を聞いて、陽文さんが声を立てて笑った。

「見えないでしょうが、千後瀧先生がご当主です」

「ご当主⁉」

「表向きのことは、先代当主の奥様が取り仕切っていますが、現在の当主は先生です。千後瀧の一族は当主の決定に従う。反対できないでしょう」

両親は驚き、玲花が息を呑む。

言ってほしくなかったのか、紫水様は陽文さんを睨《にら》んだ。

「千後瀧の当主と思わず、ただの水墨画家だと思っていただきたい」

紫水様の一言に、父がほっと息を吐き出した。

「ああ、そうですか！　いやぁ、千後瀧家のご当主に娘をもらっていただけるのであれば、郷戸の将来……いや、娘の将来は安泰ですな」

「あなた、玲花は……」

ひそひそと母が耳打ちすると、父は首を横に振った。

「世梨でも構わないだろう。欲しいと言うなら、どちらでもいい。向こうが乗り気なんだ。玲花の相手は後で探す」

父の目的は自分が議員になるため、政界での繋がりを持つことだった。

厄介者の娘が高く売れて、よかったと思っているに違いない。

さっきから頬が緩みっぱなしで、父はニヤニヤ笑っていて満足そうだ。

「蒐集家《しゅうしゅうか》とは別に、水墨画の仕事もある。なるべく早く東京へ戻りたい」

「わかりました。すぐに祝言を挙げましょう！」

――今すぐにということ？

いくらなんでも早すぎると思ったけど、父は乗り気で止まる様子はない。

それを聞いた玲花が声を張り上げた。

「お父様！　私のお相手はどうなるの？」

「お前の相手は後から、ちゃんと探してやるから待っていなさい」

「そんなの嫌よ！　世梨より下の相手は絶対に嫌っ！」

「今は世梨の結婚準備で忙しい。お前の話は後で聞く」

父はそれどころではないとばかりに、玲花を押しやった。

今まで、父から邪険な扱いを受けたことがなかった玲花は、ショックで癇癪《かんしゃく》を起こしかけ、慌てて母が止めた。

「私たちはこれで失礼させていただきます。後は主人がやるでしょうから」

玲花を連れ、母は部屋から出ていった。

「お嬢さんに期待させてしまったようで、すみません」

「いやいや。さすがに高望みすぎました。世梨だけでも千後瀧先生の目に留まり、こちらとしては御の字ですよ。まぁ、父の私が言うのもなんですが、家事仕事はきちんとできますからね」

昨日まで私を女中だとしか思っていなかった父だけど、利用できるとわかったら、大切な娘になった。そんな父に複雑な気持ちを抱きつつも、私と紫水様の結婚が形だけのものであると知られないよう黙っているしかなかった。

「それでは、失礼。お二人はごゆっくりなさっていてください。世梨。お二人の話し相手になって退屈させないようにするんだぞ」

父は私に命じると、部屋から早足で出ていった。

客間には、私と紫水様たちだけが残された。

「よし。郷戸にある千秋の着物を手に入れたぞ」

「向こうが失敗作と勘違いしてくれて、助かりました」

「あの……これって、詐欺では……」

私が言うと、紫水様たちはとてもいい笑顔で返事をした。

「俺は本物の落款《らっかん》だと伝えたぞ」

「そうですよ。こっちは嘘をついていません」

「千秋の着物は文様と文様を繋ぐとひとつの物語になる。ひとつでも欠ければ、不完全だ」

——知っている。

ひとつでも欠けたなら、それはなんの意味も持たない駄作になる。

だから、私は着物から文様を奪った。叔父夫婦がすべて売ってしまわないように……結局、安く売られてしまい、売れなかったものは母に押しつけた。

「世梨。お前には俺の龍文《りゅうもん》がある」

手のひらに淡く浮かぶ龍文《りゅうもん》は紫水様との契約の証しだ。

「お前は俺が守る。もう必要ないだろう」

「はい」

紫水様の龍文《りゅうもん》のおかげか、鉛みたいに重かった体は軽くなり、疲労感もなくなった。

「私も祖父の着物を不完全なままにしておきたくありません」

私の言葉に紫水様は微笑んだ。その微笑みを目にし、急に胸が苦しくなった気がした。

「紫水様。本当に私と結婚するつもりですか？」

私が持っている力は、文様を奪い身に宿すという変わった力だけで、役立つ力ではない。

「世梨。お前が必要だ」

その言葉が紫水様の本心でなくても、私は泣きたくなるほど嬉しかった。

嘘の結婚でもいいと思えるくらいに。

「はい……」

祖父の着物を取り戻し、私を必要としてくれる紫水様。私は紫水様と一緒に行こうと決めた。
紫水様と出会って二日目――私の嫁入りが正式に決まった。

＊　＊　＊　＊　＊

――結婚するのが、私じゃないなんて、どういうこと？

怒りを抑えるため、手をきつく握りしめていたせいで、手のひらに赤い爪の線が残っていた。水仕事をしていないから、私の手は世梨のように荒れた手をしておらず、綺麗な手だった。

お金持ちで名家の男性から選ばれるなら、世梨より私のほうが相応《ふさわ》しい。なにをどう間違って、世梨を選んだのか――イライラしながら、長い廊下を大股で歩いた。

世梨の婚礼準備のために慌ただしい屋敷内にいるのが嫌で、世梨のために集まった招待客を出迎えるのもお断りだ。庭へ出ようと、足早に裏口へ向かうと、使用人たちのおしゃべりする声が聞こえてきた。

「玲花お嬢さんが結婚するのかと思っていたら、世梨さんが結婚とは驚いた」

「地味な姿をしていても、世梨さんは美人だし、家事もできてしっかりしている。いい結婚相手が見つかると思ってたよ」

「玲花お嬢さんは癇癪《かんしゃく》持ちで我が儘だから、嫁へやるには難しいかもしれないねぇ」

結婚相手に選ばれなかったせいで、使用人たちに陰で笑われ、私の人生で最大の惨めさを味わっていた。しかも、世梨の嫁入りの準備で家中が忙しく、愚痴ろうにも私の相手を誰もしてくれない。

いつも私の話を黙って聞いてくれる清睦兄さんは、大学の勉強のため東京から戻れないと連絡がきた。

電報には一言だけ、お祝いの言葉が添えられていただけで終わりだった。一緒に暮らしていたわけじゃないから、清睦兄さんが世梨に対して、他人みたいな態度になるのもわかるわ。

同じ妹でも、清睦兄さんは私のほうを可愛がっている。

みんな、世梨より私が好きだって、今まで思ってきた。それが――

「どうして、世梨が気に入られたのかしら」

絶対、なにかあるに決まってる。

あんな地味で、冴えない世梨に一目惚れするなんて、まずあり得ないのだから。

イライラしながら、外に出ると、親戚たちが集まっていた。

それだけではない。千後瀧家の当主が結婚すると言っただけで、郷戸の仕事関係者は予定を取り止め、こちらを優先した。

「世梨の結婚式は私より盛大にしないって言ったくせに！　お父様の嘘つきっ！」

私の結婚式より世梨のほうが、豪華で立派なものになることは間違いなかった。

急に決まったのに、父は郷戸の力を使って、ごちそう用の食材を町から取り寄せ、酒を運び入れ、家紋入りのお膳を出し、親戚や村の人たちに声をかけて協力させた。

まるで、お祭り状態。夜遅くまで宴席を予定しているらしく、蔵の中から家紋が入った提灯が出され、吊るされた。

――世梨のために用意された宴席なんて最悪よ。準備を見ているだけで気分が悪くなるわ。

世梨がいなければよかった。いなければ、私が気に入られて結婚していたはずだった。

人とは思えぬ美貌と財力を持つ二人のどちらかと――

『あれまぁ。あやかしの嫁取りかい』

――今、なんて？　あやかしと言わなかった？

声がしたほうを振り返ると、白い靄《もや》が漂っていた。この白い靄《もや》がなんなのか、普段から見えている私には、正体がすぐにわかった。

私が『見たい』と意識して目を凝らすことで、ようやく見えるようになる曖昧《あいまい》な存在――死霊。

私の力はこの曖昧《あいまい》な死霊たちを従わせることができる力。

『自分より幸せになるなんて許せないわよねぇ』

死霊は私の心を見透かしたかのように代弁し、白い手を私の肩に置いた。生気のない手は生きている者の手ではなかった。

靄《もや》の中から浮かび上がった手と口。紅《べに》を引いた赤い唇が曲線を描き、ニヤニヤと不気味に笑っていた。

人が大勢集まるところには、人でないものが紛れやすい。

「あんたたちなんかに同情されたくないわ。それより、今、あやかしって言わなかった？　世梨が結婚する相手は人じゃないの？」

私の態度が気に入らなかったらしく、死霊から無視された。

生意気な態度をとった死霊を無理やり従わせてもよかったけれど、自我を失わせて話を聞けなくなるのは困る。

「わかったわよ。いい物をあげるから機嫌を直しなさいよ」

『いい物？』

死霊は機嫌を直したのか、にんまりと笑って、こっちへ顔を向けた。

「その代わり、あやかしの結婚について、説明してくれるかしら？」

くちなし色の着物の袖から、隠し持っていた金平糖をちらつかせ、死霊をおびき寄せる。

金平糖を見せたからか、女性の後ろから、もうひとつ影が現れた。それは小さな子供の姿だった。

死霊は私と話すことで、輪郭をしっかりさせ、生前の姿に近づいていく。

私の前に姿を現したのは禿《かむろ》姿の小さな子供と襦袢《じゅばん》姿の色っぽい女性だった。

金平糖を受け取り、二人はそれを分け合いながら口にする。

『姐《ねえ》さん、美味しいね』

『そうだねェ』

二人が着ている着物の裾に焦げ痕が見えた。

――遊郭の火事で亡くなった遊女と禿《かむろ》のようね。

生前、二人は同じ場所で暮らし、共に死んだのだろう。成仏せず、現世に留まっているということは、まだ死を受け入れられていないということだ。

どの客が連れてきた死霊か知らないけど、これは使えそうな気がした。

「もっと金平糖をあげるから、知ってることを全部話してちょうだい」

金平糖を取り出すと、禿《かむろ》姿の少女はわあっと歓声を上げた。

私が人の秘密を暴く時、死霊を使い情報を集める。人より死霊のほうが扱いやすいし、孤独な死霊たちは話し相手を求め、私になんでも話してくれる。

『あやかしのお嫁さんになるには、不思議な力を持ってないと駄目なの』

幼い禿《かむろ》は甘い金平糖を口に含み、嬉しそうに笑った。

『あんたにも資格はあるよ。アタシたちと、こうして話してるんだ。あやかしにそれを教えてご覧』

『力を持ってる人は少ないの。お嫁さんを探すのって大変みたい』

『だから、あやかしたちは奪い合うのさ。嫁になりたいと望むなら、あんたの力を見せてやればいい』

世梨だけでなく、私にも資格がある――それを知って鳥肌が立った。

もしかしたら、世梨から結婚相手を奪えるかもしれない。

「金平糖を全部あげるわ。つまり、あの二人は人間じゃないのね？」

『そうだよぉ』

『龍と狐だねぇ。うまく人に姿を似せているけど、アタシたちにはわかる」

死霊たちは私の金平糖に大喜びして、なんでも話してくれた。

『鴉もいるよ。ほら、そこに』

ポリポリと音を立てて金平糖を食べていた襦袢《じゅばん》姿の女は招待客の一人を指差した。

黒髪に黒い目、手に黒の手袋をし、帽子を目深にかぶった背広姿の男。こんな田舎に似つかわしくない上等な服装だ。

「彼が鴉のあやかしですって？」

私が驚いたのは、彼と会うのは初めてではなく、以前より顔見知りだったからだ。

男は私の視線に気がつくと近づいてきた。

「郷戸のお嬢さん。お久しぶりです。ご機嫌いかがと言いたいところですが……よくはなさそうですね」

「ごきげんよう。最悪の気分ですわ」

彼の名は継山景理《つぐやまかげさと》。

職業は銀行の頭取で父と懇意にしている。郷戸家に訪れ、父と話をする姿を何度か目にしていた。

年齢は二十代後半、背が高く顔もよく、誰がお茶を運ぶかで女中たちが毎回争いになるほど人気がある。

「継山さん。今日は鴉がやたら多いですわね」

私がそう言うと、継山さんは目をすうっと細め、死霊たちを睨《にら》んだ。

そして、私が止めるまもなく死霊に手を伸ばし、首に触れた。

継山さんは優しげな笑みを浮かべていて、私は彼を危険だと少しも思わなかった。

それなのに――

『ひっ……』

『姐《ねえ》さんっ！　姐《ねえ》さ……』

ふたつの死霊を一瞬で焼いてしまった。

普通の人の目には見えない白い炎は死霊たちを包み込み、髪の毛一本、着物の端ひとつ残さなかった。線香のような細い煙が風でなびき、二人が大喜びで食べていた金平糖が乾いた音を立てて地面に散らばった。

彼女たちが消えるよりも遅く、時間差で落ちた金平糖は、最後の最後までこの金平糖を握りしめて離さなかった証拠だ。

「おしゃべりな死霊でしたね」

継山さんは彼女たちの生前の境遇に同情することもなく、土の焦げ跡を眺め、酷薄とした笑みを浮かべていた。

「邪魔しないでいただける？　私がせっかく見つけた死霊だったのに、勝手に消さないでほしいわ」

私が睨《にら》んでも継山さんは笑みを崩さず、余裕のままだった。

――死霊とは格が違う。これが、あやかしというわけね。

「死霊たちから、色々聞き出したようですが、他言無用でお願いします。こうみえて、我々は人の世になんとか馴染もうと必死なんですよ」

どこをどう見ても、必死に見えない。

その証拠に、わざと金平糖を残し、靴底で踏み潰したのだから。

言えばお前もこうしてやるぞと、彼は私を脅しているのだ。

「私は言いふらしたりしないわ」

「そうですね。玲花さんも頭がおかしくなったと思われたくないでしょうし」

私と継山さんはお互い睨《にら》みあった。

以前から、継山さんと父が知り合いだったにもかかわらず、私を嫁に望まなかったのはなぜ？

私が普通とは違う特異な力を持っていることを知っていたくせに、なにが足りてなかったというのだろう。

世梨にあって私にないもの——それがなんなのか、私にはわからない。

「その着物、御所車《ごしょぐるま》にくちなしですか」

「男性に着物のよし悪しはわからないでしょうけど、これは着物作家のお友達からいただいたのよ。私のために作ったものだから、ぜひ着てほしいって言われたの」

私のお友達は女性雑誌にも取り上げられる人気の着物作家で、断髪のモダンな女性。垢抜けた着物の着こなしをお手本にしたいと、憧れる女学生は多く、私もその中の一人だった。

「いいえ、別に。よく似合っていらっしゃると思っただけですよ」

「無理に褒めなくても結構よ」

「そうですか」

着物に興味がないようで、返事は淡白なものだった。

黒のインバネスコートの袖に隠れていた煙草《たばこ》の箱が目に入る。

箱に松の絵と『敷島《しきしま》』の文字。その箱から白い棒状の煙草《たばこ》を一本取り出して、口にくわえた。

「煙草《たばこ》吸うなんて、人と変わらないのね」

「変わらない？　そんなことはありませんよ。一族の中でも、力のない者は人間の言葉がわかる程度です。なにもしないままでいれば、意思疎通すらできない獣になってしまう」

鴉たちが継山さんを守るように周囲を固めている。

庭の木や空には必ず、鴉の姿があった。

「神でも人でもない我々は、人間よりも人間らしく生きなくてはなりません。妻となる女性から学び、教えられることによって人に近づく。その上、子は特異な力を持つ女性からしか生まれない……我々にとって嫁取りがどれだけ重要かわかるでしょう？」

世梨の嫁入りの日、継山さんが現れた理由がわかった。

「特異な力を持つ女性……。もしかして、継山さんは世梨を狙っていたの？」

「今も狙っています。彼女は変わった力を持っていて、とても魅力的ですからね」

世梨の力がどんなものであるか知らないけど、私の力より役に立たないものであるはず。

笑いが込み上げてきた。

「なぁんだ、そういうこと。てっきり世梨を気に入って結婚するんだって思ってたわ。でも、違うのね」

「少なくとも龍は彼女を気に入っているようですよ」

「わかってるわ。世梨の力をでしょ」

「龍が家柄と金をちらつかせて彼女に結婚を迫り、承諾させたのでしょうが、あまりに早い」

会話がかみ合わない――継山さんの言い方だと、千後瀧様が世梨を気に入り、無理矢理結婚を迫ったみたいで気に入らないし、認めたくない。でも、最大の疑問だった世梨が選ばれた理由。それを知ることができただけでも大収穫だ。

「力がある人間の女性ね。つまり、世梨じゃなくて私でもいいってことよね？」

「よくある力では、龍も狐も相手にしない。我々、鴉の一族も」

「私のどこがよくある力よ！　失せ物探しだってできるし、死者と会話できるのよ？」

「興味を持つかどうかです。玲花さんだって好みがあるでしょう？　それにしても厄介なことになったものだ。龍と狐は我々の中でも別格の存在ですからね。少々てこずりそうだ」

煙草《たばこ》の白い煙がふわりと天に向かって伸びた。

私と継山さんの間で、天に昇る龍の形に似た煙が風で揺らぐ。

「別格って、なにが違うの？」

「鴉の一族において、当主である自分が出向かねばならないほど、彼らが別格だという意味です」

継山さんの手の中でぐしゃりと音を立て煙草《たばこ》の箱が潰された。箱が歪み、いびつな形に変わる。

本気で世梨を狙っているのだとわかった。

「墨染めの着物を着た男は龍の一族千後瀧家当主。茶色の髪の男が狐の一族三葉財閥の当主です」

「葉瀬様も当主なの？」

「そうですよ。三葉財閥は葉瀬、葉山《はやま》、上葉《うえは》の御三家から成る財閥で、御三家の中から、最も強い力を持った者が当主になるのが慣例です。狐は人になったのも早く、順応力も高かった。権力を持つ者も多い。奴が一番侮れません」

葉瀬様の穏やかで優しそうな外見を思い浮かべた。外見のせいか、どうしても恐ろしいとは思えなかった。

「彼らの本性は龍神と神狐《しんこ》。あやかしと呼ぶより神に近い。ですから、そこらのあやかしより格が高いのです」

「継山さんもでしょう？」

私がそう言うと、継山さんは口の端を上げて機嫌をよくした。

「そうですね。八咫烏《やたがらす》と呼ばれることもあります」

神様に近い存在のあやかしたちが、こぞって世梨を狙い、嫁にしようとしている。

──世梨の周りにすごいあやかしたちが大勢集まっているということ？

選ばれたのは、私ではなく世梨。

本宮の祖父もそうだった。

世梨を特別扱いして、私や清睦兄さんはいてもいなくてもいいという雰囲気を感じた。

今と同じように、本宮の祖父の目に留まらず、相手にもされなかった。

「……継山さん。世梨が欲しいのよね？」

「そうですね。鴉の一族の繁栄のため、彼女を我が妻に迎えたいと思っていますよ」

「なら、私と手を組みましょうよ」

　ずっと本宮に行ったまま世梨が戻らなければ、こんな汚い感情を知らずに済んだ。

　目障りな世梨。

　世梨を私の前から、消してしまいたい。

　あの死霊たちのように――

「そうよ。世梨に結婚相手だけは負けたくないの。女学校も出てるし、習い事だってしているわ」

　私が女学校へ通い、習い事をしている間、世梨は本宮の祖父母に甘やかされて育った。

　その私より、いい相手に嫁ぐなんて許されない。

「私にだって、力はあるもの。世梨がいなくなれば、千後瀧様や葉瀬様の妻に選ばれるかもしれないでしょ」

　私の提案がよかったのか、継山さんが笑った。

　世梨が継山さんに奪われ、妻が男と逃げたなんて、世の噂になれば千後瀧様は世梨を許さないだろうし、離縁という話になれば、両親の顔に泥を塗ることになる。

　二度と世梨は郷戸の家に戻れず、親子の縁も切られ、千後瀧家から罰を受けるはず。

「継山さんになんでも協力するわ」

「協力はありがたいですね。我々は警戒されていますから、妹相手のほうが油断するでしょうし」

世梨より私のほうが優れていると認めさせたい——その思いだけで、継山さんと手を組んだ。

私は簡単な気持ちであやかしたちの世界へ足を踏み入れ、取引をした。

彼らが人でないことを考える余裕はなく、激しい嫉妬心が、私の心を支配していた。

＊　＊　＊　＊

雷の低い音——ゴロゴロと唸り声のように鳴る雷は、まるで荒ぶる感情を抑えているかのようだった。

宴会は続いており、遠い雷の音を気にする人は少ない。

私と紫水様が並んで座る上座まで玲花がやってきて席へ戻ろうとしない。

「私、知っているのよ。これは、あやかしたちの嫁取り戦なんでしょ？　特異な力を持つ人間の女性を探し出し、自分の妻にするため奪い合う。それなら、私こそ相応《ふさわ》しいわ」

堂々した態度、着飾った玲花は自信に満ち溢れ美しかった。

玲花は紅色の小振袖、花丸文《はなまるもん》は艶やかな牡丹《ぼたん》、菊。柄の面積が少ない着物ながら、大きく描かれた花丸文《はなまるもん》によって華やかに魅せている。

髪の大きなリボンが、可愛らしさを引き立てる。

玲花は私より相応《ふさわ》しい――そう思わせるだけの魅力はあった。

「そうだな。お前には資格がある」

紫水様の言葉に玲花の口の端が上がった。

「特異な力を持つ娘は、あやかしの嫁として重宝され、大切に扱われるだろうな」

紫水様は玲花の力がなんであるか見抜いているようだった。

死者の言葉を聞き、従わせることができる玲花。確かに普通の人とは違う力を持っている。だから、あやかしの妻になる資格がある。

けれど、紫水様から玲花に伝えられたのは求婚の言葉ではなく、嫌悪の言葉だった。

「だが、お前からは死臭がする」

紫水様は顔を顰《しか》め、酒が入った盃をお膳の上に置いた。

「死臭？　失礼な人ね！」

「力を使いすぎている。お前の周りに集まる死霊たちが増えていないか？　このあたりで見かけない死霊がいると思ったら気をつけろ」

「い、いつもどおりよ。そんなの招待客の誰かが連れてきただけよ！」

玲花は不安げに髪を結んだリボンへ指を伸ばし、落ち着かない様子だった。

その仕草を見て、玲花に心当たりがあるのだと気づいた。

私には見えないけど、紫水様にはなにか見えているのかもしれない。

「玲花。もしかしたら、命に関わるかもしれないから……」

「世梨には関係ないわ！」

玲花は声を荒らげ、私の言葉を遮《さえぎ》った。

「私が力をどう使おうと私の勝手でしょ。世梨は私の人の役に立つ力に嫉妬して、使わせないよう企んでいるのよ！」

「違うわ。私は本当に心配して言っているの」

私も紫水様から教えてもらわなかったら、死んでいたかもしれない。

力が原因でそうなっているなんて、自分たちではわからないのだ。

幼い頃から、人とは違う不思議な力を使えた私たちにとって、力を使うことが当たり前だった。けれど、力の使い方を教えてくれる人はどこにもいなかった。

「お前の器で複数の死霊を抑えられるとは思えない。しばらく力を使わず、おとなしくしていろ。数年もすれば、集まった死霊は自然に数を減らしていくだろう」

「数年？　そんな長い間、力を使わないなんて嫌よ。それに危なくなったら、継山さんが私を助けてくれるもの」

継山という名前に聞き覚えがあるのか、紫水様は宴席に目をやった。

視線の先には背広を着た男性がいる。

招待客は着物を着ている人ばかりだから、その人はとても目立っていた。

もちろん、洋装姿の陽文さんも。

陽文さんの周りには老若男女問わず人がいた。女中だけでなく、結婚式を手伝いに来た村の女性たちが陽文さんに食べきれないほどの料理を運んできて、それを陽文さんがやんわり断るという光景が続いている。

陽文さんは私と目が合うと、人懐っこい笑みを浮かべて手を振った。

向こうと違って、こちらは笑顔を見せられるような和やかさはない。

紫水様の低い声が聞こえた。

「鴉か」

「ただの鴉じゃなくてよ。八咫烏《やたがらす》なんですって」

八咫烏《やたがらす》――継山さんはどこからどう見ても人に見えるけれど、紫水様たちと同じあやかし。人と違う存在だと思うと、ついまじまじと継山さんを眺めてしまい、向こうが私の視線に気づいて、目が合ってしまった。

それもしっかりと。

継山さんが手にしていた盃を置き、立ち上がるのが見えた。

そして、こちらへ来る。

「あの、紫水様……」

「気にするな。俺よりあいつのほうが、社会的立場がある。人の目が多い場所でなにかできるとは思えない」

「紫水様にも社会的立場があるはずですけど……」

「どうかな。本家に軽く説教されるだろうが、多少の無理は利く」

なにかあった時の尻拭いは千後瀧本家の役目らしい。

紫水様は悪い顔でにやりと笑う。本当はこの中で一番好戦的なのは、紫水様かもしれない。

「世梨さん。この間は突然、訪問してしまい申し訳ありません。驚かせてしまいましたね」

大きな影が目の前に現れた。

長身のせいか前に立たれると、普通の人より影が濃く感じる。周囲の灯りを遮《さえぎ》る黒い影に、呑み込まれてしまいそうな気がした。

見下ろす目は優しげなのに、なぜか私は恐怖を感じ、身を竦ませた。

「俺もいたんだが？　夜明け頃にやってくるのは無粋の極み。少しは気を遣ったらどうだ？」

「あのまま、連れ去ってもよろしかったのですが、まずはご挨拶《あいさつ》をしたまで」

――連れ去る？

不安になり、腕の文様に触れようとした瞬間、紫水様が私の手の上に手を重ね、文様に触れることができなくなった。

私の手の上に紫水様の手が重なっていて、手を動かせない。

「そ、その……紫水様……」

手を置いたままなのですがと言おうとしたのに、紫水様の青みを帯びた黒の目が、継山さんを睨《にら》んでいて言い出せなかった。

「千後瀧の当主は人の嫁を娶《めと》らないと噂で聞いていたのですが、どうやら嘘だったようですね」

「気が変わった」

「三葉の当主まで連れて嫁取りとは、大仰なことです」

継山さんは怒りを抑えた声音で話していたけれど、心穏やかでない証拠に瞳の色が黒から赤みを帯びた色へ変化していく。

赤い瞳――やはり、継山さんもあやかしなのだ。

継山さんは宴席に背を向けており、赤い瞳を見ているのは私たちだけだ。脅すためだったのかもしれないけれど、紫水様は動じなかった。

「嫁取りに関して言えば、陽文も俺の敵だ」

面倒そうな顔をして継山さんと陽文さんを交互に見た。

「そうでしょうね。珍しい力です。狙うのも当然のこと。理解できます」

あやかしたちが力を持った女性を探すのは、簡単なことではないようで、嫁取りでは敵同士とはいえ、お互いの苦労は理解し合えるらしい。

「世梨」

「は、はい」

紫水様は私の手を掴み、右手のひらを継山さんに見せた。

私の右手のひらにあるのは龍の文様。淡い墨色から濃い闇色へ、輪のようになった龍が浮かび上がる。

「俺が世梨に自分の印をつけようが、お前たちは奪いに来るだろう。だが、その前に教えておく。世梨に龍の加護を与えた」

継山さんが驚き、息を呑む。

「なるほど。龍の当主が、本気で嫁取りに参加したということですか」

「あの黒い龍の印はなに？」

私の手のひらの龍文《りゅうもん》を見た玲花が継山さんに尋ねる。

「龍の加護ですよ。お守りのようなものです」

「それって、すごいことなの？　私も欲しいわ」

「気軽に加護を与えられるわけがないでしょう？　ただでさえ、我々にとって人の世は生きづらい。完璧な人の姿を維持するだけで力を使う。力が足りなくなれば、正体を知られるかもしれない危険性の高い行為です」

継山さんの言葉に、玲花は不機嫌になった。

「世梨が持ってるなら、私だって欲しいわ！」

「玲花さんは、誰からも狙われていませんよ。必要ないでしょう」

「失礼ね！　私と世梨、どう違うっていうのよ！」

ますます玲花の機嫌が悪くなった。

けれど、継山さんが玲花に加護を与えることはなかった。

紫水様がくれた龍の文様――これは、特別なものなのだと知った。

文様を身に宿し、危険な状態だった私を助けるためとはいえ、紫水様は私に与えてよかったのだろうか。

「継山。守るべき相手に己の加護を与えられないなら、その程度の力しか、お前にはないということだ」

紫水様から挑発され、継山さんの瞳が血のように赤く染まった。

外から強い風が吹き込み、障子戸がガタガタとうるさく音を立て、提灯が左右に揺れる。

紫水様と継山さんの衝突は避けられないと思った瞬間、陽文さんがひょいっと顔を出した。

継山さんの背後から登場した陽文さんは、緊迫した空気を一瞬で変えた。

「先生、大人げないですよ」

「三葉の……!」

「すみません。先生が失礼ばかり言って。先生に悪気はありすぎるくらいあるんですよ。困ったことに相手をからかうのが大好きなんです」

陽文さんは指を一本立て、自分の口元にあてた。

「お互い騒ぎになるのはまずいでしょう? 人の世はうまく生きてこそですよ」

そう言った陽文さんの目は金色を帯び、いつもとは雰囲気が違っていた。

口調は優しくても、それは脅しであることがわかる。

継山さんは深く息を吸い込み、吐き出す。

瞳の色が黒に戻り、風が止む。

「そうですね……。龍に挑発され、危うく乗るところでした。狐は人の世に出て長い。その忠告には従いますが、嫁取りを諦めたわけではありません」

冷静さを取り戻した継山さんは私のほうを見て微笑んだ。

「世梨さん。この嫁取りはまだ終わっていません。まだ自分にもチャンスがある」

「え……？　終わっていないとはどういうことですか？」

不思議そうな顔をした私を見て、陽文さんが紫水様をちらりと横目で見た。

「先生、きちんと世梨ちゃんに説明しないと駄目ですよ」

「失念していた」

「まったく……。世梨ちゃん。僕たちには人の世と別の世界があります。あやかしや神がいる異界です。そこで祝言を挙げることで、正式に嫁として認められるんですよ」

陽文さんが親切に教えてくれた。

紫水様は無表情でお酒を一口飲んだ。

私たちの結婚は形だけのものだから、詳しい説明がなくて当たり前で、それを悟られてはいけないと思い、俯き、綿帽子で自分の顔を隠した。

「気が利かない龍と違って、世梨さんに相応《ふさわ》しい花嫁衣装も用意してあります。世梨さんが嫁ぐ日のために、おじい様が用意された素晴らしい打掛をご存知ですか？」

私が花嫁になる日を祖父は楽しみにしていた。早くから祖父は用意していた私の婚礼用の打掛は叔父夫婦の目に留まり、文様を奪う前に売られてしまった。

だからきっと誰かの婚礼に使われただろうと思っていた。

でも、その打掛を継山さんが持っているという。

「……本当に打掛を持っているんですか？」

「持っていますよ。あなたに嘘はつきません」

祖父が私の打掛の準備を始めたのは二年前のことだ。

祖母から、まだ早いわよと笑われていたけれど、祖父は取り合わず何度も図案をやり直し、納得いくまで描いていた。

大切に作られた私の花嫁衣裳を継山さんが持っている。

「探しても見つからないと思ったら、お前が持っていたのか」

「本宮の主人は金に困っていたようですね。不自然に柄が消えた着物もありましたが、買ったのは打掛だけです。柄が消えた着物を見て、世梨さんのことを知りました」

継山さんは欠けた文様を見て、私が人ならぬ力を持っていると気づいたようだ。

それで切り札になりそうな打掛だけを買い取り、私の行方《ゆくえ》を捜した。

自分がいかに危険な真似をしていたのか、今になって思い知った。

紫水様が守ってくれなかったら、私は今頃、この継山さんに嫁がされていたかもしれない。

「世梨さんの花嫁衣裳が手に入ったのも運命でしょう」

「なにが運命だ。ただの偶然だ」

紫水様は継山さんの前向きな発言に呆れていた。

「世梨のなにが魅力的なのか私にはわからないけど、千後瀧様との結婚が駄目になって追い出されても、郷戸には帰ってこないでほしいわ」

玲花に私と紫水様の企みがもう知られているのではと思い、ドキッとした。

私と紫水様の結婚生活には終わりがある――最初から離縁することが決まっている結婚。

いつかまた私は一人になってしまうのだ。

私の暗い顔を見て、玲花は満足そうに微笑んだ。

「継山さん、行きましょ。父が呼んでいるわ」

「そのようですね。では世梨さん。また後日」

継山さんと玲花が去っていく。

私の嫁ぎ先が決まって安心した父は、次は玲花だと意気込んで、継山さんと話をしている。

玲花を継山さんにと考えているのだろうか。

――父の欲は底がない。

少しでも自分の利益になる相手に娘を嫁がせる気だ。

「しつこいなぁ。後日ってことは、まだ向こうは諦めてないってことですね」

「陽文」

「はい？」

「お前もこれから俺の家に出入り禁止だ」

「そんな！　僕は先生を出し抜いたりしませんよ！」

「どうだか」

紫水様はじろりと陽文さんを睨《にら》んだ。

「そんな心配なら、早く正式な祝言を挙げたらいいじゃないですか」

「そのうちな」

紫水様は盃を手にし、曖昧《あいまい》な返事をした。

そう言うしかなかった。

私たちの結婚は形だけの結婚で、お互いの利害一致のもとに交わされた契約結婚だということを陽文さんは知らない。

もちろん、郷戸の両親、他のあやかしたちも——この結婚は私の身を守るため、紫水様が祖父の着物を手に入れるためでもある。

陽文さんであっても教えられない。

「それにしても、面倒なことになったな。千秋が遺した世梨の花嫁衣裳は継山が手に入れていたのか」

「紫水様。継山さんは手放すでしょうか」

「難しいだろう」

あの様子では、どれだけお金を積んでも売る気はなさそうだ。

「さて、どうするかな」

紫水様は酒に口をつけ、目を細めて笑った。

継山さんと玲花が手を組んだことは明白で、私が紫水様と東京へ行っても追いかけてくるのは間違いない。

「騒がしくなりそうだ」

ドンッと雷が大きく鳴り響き、空気が震えた。

これは嵐の始まりを告げる合図。

私の人生が大きく変化しようとしていた。

＊　＊　＊　＊

結婚式が終わった次の日の朝の始まりは遅かった。

長い宴席の後だけあって、さすがに誰も起きてこなかった。早くに起きていたのは、朝食と昼食を兼ねた食事の準備をする女中と私だけで、屋敷内は昨晩の賑やかさが嘘のような静けさだった。

東京へ旅立つ日の朝、私は早くに目が覚め、郷戸の台所に立って食事の準備を手伝っていた。

かつおぶしと煮干しの出汁の香りが土間の中に広がり、ご飯を炊いている竈《かまど》からは白い湯気が上がっている。いくつも並んだ竈《かまど》が全部使われるのは、田植えと稲刈りの時期で、田んぼの手伝いをする人たちが大勢やってくる時だ。

郷戸へ戻ったのが、ちょうど稲刈りの時期だったから、食事作りに朝から晩まで追われていたのを思い出す。

勝手のわからない台所で苦労した――

「東京に戻る日まで、働かせなくてもいいのにねぇ」

「昨日、玲花お嬢さんがまた癇癪《かんしゃく》を起こしたそうだよ。旦那様が世梨さんの祝言にかかりきりだったから、面白くなかったんだろうね」

そんな会話が聞こえてきた。

本当はここへ来る前、私は玲花に会えるのを楽しみにしていた。

両親と清睦さんが、私に冷たくても妹は違うんじゃないかと、勝手に期待してしまった。

でも、期待を裏切られたのは、私だけじゃなかったのかもしれない。

──玲花はきっと私を見てがっかりした。

東京から戻った姉は女学校も出ず、地味な着物姿で現れて、自慢できるところはなにひとつなかった。

せめて、玲花のために用意した贈り物があれば、私たちの関係も違ったかもしれない。でも、私が用意した玲花のための贈り物は本宮の叔父夫婦に奪われてしまった。

「千後瀧の奥様を働かせるなんて、申し訳ないわぁ」

「色仕掛けして、玲花お嬢さんの結婚を邪魔したらしいわよ」

玲花のことを考えていた私の耳に悪意ある声が聞こえてきた。

「やめなさいよ！　そういう僻《ひが》みはみっともないってわからないの？」

叱ったのは、私に卵焼きをくれた女性だった。

私と同じ年頃なのにお姉さんらしく、しっかりしていて逞《たくま》しい。

大きな声ではっきり言われたのが嫌だったのか、気まずそうに若い女中たちは目を逸らした。

「気にすることないわよ。同じ立場だと思ってた世梨さんがお金持ちに見初められて、東京へ戻るのが羨ましいだけなんだから」

朝の味噌汁に入れる大根を切りながら、彼女は笑った。

「結婚おめでとう。こんなふうな口の利き方をしたら叱られるかもしれないけど、急に態度を変えられるのも嫌かと思って」

「ありがとうございます。あの……卵焼き、本当に美味しかったです」

お互い照れたように笑いあった。

野菜を切りながら、話をしている間も台所は忙しく、卵を回収しに外へ出ていく人、箱膳を並べ始めた人たちが忙しなく動き回っていた。

「お味噌汁の彩りに青い葉を味噌汁に入れたほうが綺麗ですよね。蕪《かぶ》の葉を取ってきましょうか？」

「あっ、お願い！」

裏口から出ると小石交じりの坂を下り、畑へ向かう。

坂を下りた先の土地一帯は郷戸が所有する土地で、広い田畑が広がっている。田は畔《あぜ》が塗られ、土が起こされ、焦げ茶色の土に覆われていた。

いくつかの田んぼは、すでに田植えの準備のためか水が湛えられ、水面に青を映している。晴れた空を見ようと天を仰いだ。

そして、気づく。

「鴉がいない？」

――鴉が私のそばにいたのは、紫水様が言っていた通り、嫁取りのためだったの？

よく目にした鴉は、田舎だからたくさんいたというわけではなかったのだ。

昨晩の宴が終わった後、継山さんは東京へ行くと言っていた。

私も紫水様たちと一緒に今日ここを発ち、東京へ戻る。

朝食が終われば、駅に向かう手筈になっていた。

「新しい生活が始まる……」

あやかしたちの嫁取り、着物の行方《ゆくえ》、紫水様との生活――不安はたくさんあるけれど、もう後戻りはできない。

私の利き手の右手には龍文《りゅうもん》がある。

その右手で蕪《かぶ》の葉に触れた。朝露の残る蕪《かぶ》の葉から丸い露の玉が数個、地面に滑り落ちていく。

木製のザルに蕪《かぶ》の葉を入れ、急勾配な坂道を戻る。

坂道を上った私を待っていたのは――

「世梨、待ってたわ」

「……玲花」

土間へ戻る裏口前に玲花が立っていた。

一瞬、嫌な予感が頭をよぎり、足を止めてその場に立ち止まった。

玲花は起きたばかりらしく、まだ寝間着の浴衣姿で、はしたないと言われて注意されることより、ここへ来た理由が気になる。

「今日、東京へ帰るんですってね」

「え、ええ……」

「私、世梨に結婚のお祝いをしたいの。よかったら、私のお気に入りの洋服をもらってくれないかしら？」

「洋服……」

洋服と聞いて、思わず私は前のめりになった。

「玲花は何枚も洋服を持っているの？」

「そうよ。女学校はセーラー服になるから。洋服も必要だろうって何枚か仕立ててもらったの」

私がいつか着てみたいと憧れている洋服だけど、実は一着も持っていなかった。

女学校に通っていれば、セーラー服を着るチャンスもあっただろう。けれど、私は祖父母の看病で女学校へ通えず、道行く女学生を眺めるだけだった。

「洋服を着ている人が増えてきているし、東京ならなおさら必要じゃない？　もしかして、世梨は洋服が嫌い？　迷惑だった？」

「迷惑なんて……。でも、妹から洋服をもらうなんて申し訳ないわ。玲花のために作ったものだし……」

「世梨のためになにかしてあげたいの。そんなこと気にしないで。早く！」

玲花があまりに急かしたため、蕪《かぶ》の葉が入ったザルを裏口前に置いていくしかなかった。

私の腕を強引に引っ張り、どこかへ連れていく。

「帽子と靴でしょ。それにひざ丈より少し下のワンピースを持っているわ。襟付きのブラウスなんて、すっごくお洒落《しゃれ》なんだから！」

東京にいた頃から、誰にも言えなかったけど、洋服を着てみたいと密かに思っていた。

私にとって帽子や靴など、和装でないものは憧れで馴染みの薄いものだった。

着物作家の祖父に洋服を着たいなんて言い出せなかったのだ。

「ここの中にあるわ」

家紋の片喰紋《かたばみもん》を施された鉄製の錠前が土蔵の入口を守っていた。

片喰《かたばみ》は春になると黄色い花を咲かせる繁殖しやすい花で、丸く可愛らしい葉が特徴だ。田の畔《あぜ》や土手で見かける花、そんな片喰《かたばみ》が郷戸の家紋である。

玲花は土蔵の鍵を開けた。

「どれがいいか、中に入って選んでちょうだい」

そう言われたものの、暗くて中がよく見えず、足を前に一歩踏み出して目を凝らす。

「でも、玲花。ここって土蔵でしょう？　こんなところに洋服を置いてあるの？」

郷戸の土蔵は大きいけれど、光源は高い所にある窓だけで中は暗くて見えづらく、なにがあるかわからなかった。

玲花は私を土蔵の入口に立たせると、思いっきり体を突き飛ばした。

「玲花!」

土蔵の床に倒れ込み、カビ臭くほこりっぽい空気を肺に吸い込んだ時、これが玲花の罠だと、ようやく気づいた。

入口を振り返り、慌てて外へ出ようとした私を鬼のような形相をした玲花が阻んだ。

「世梨に洋服をあげるわけないでしょ。それから、私を妹と呼ばないで!」

玲花の力とは思えない強い力で、再び突き飛ばされて、明るい入口から体が遠ざかる。

押された肩に痛みを感じ、目を開けると——そこにいたのは玲花ではなく、死霊だった。

「……っ!」

悲鳴を上げようとしたのに、あまりの恐怖に声が出なかった。

暗いからこそ、はっきり見えるものもある。

苦しみ、恐怖、悔恨の念に囚われた死霊の姿が闇の中で輪郭をはっきりさせていく。あまりの禍々しさに、この死霊が辺りを浮遊しているような幽霊とは別物だとわかった。

——これは普通の死霊ではないわ。

昨晩、宴の席で紫水様が玲花に力を使うなと止めたのは、この死霊を玲花が操っているると知っていたからだ。

確かに危険だと思った。

「玲花。このまま力を使い続けるのは危険だと思うわ。死んでしまったら、どうするの？」

「世梨ったら、私に嫉妬してるの？　世梨の力がなんなのか知らないけど、どうせ、たいしたことない力でしょ。それに私の心配をしている場合？」

蔵の中にスウッとした冷たい風が吹き、こちらを向けと言われたような気がして、死霊のほうを見た。

私には現れた死霊が何者なのか、一目でわかってしまった。

それは、ずっと会いたかった人。

「おじいちゃん……」

懐かしい祖父の姿があった。

でも、目の前にいるのは懐かしい祖父の幽霊などと、呼べるものではなかった。怨霊と呼ぶほうが近い。

禍々しい空気が闇をより濃く染め、両肩に伸し掛かるような重さを感じる。息苦しさからうまく呼吸ができなくなり、手で胸のあたりを掻いた。

――おじいちゃん……。私に怒ってるの……？

祖父が怨霊になるわけがない。

頭ではわかっていても声が出ず、なにも言えなかった。声が出なかったのは、私が祖父に対して、消せない後ろめたさがあるから。

「ねぇ、世梨。亡くなった本宮のおじい様に会いたかったでしょ？　私なりに気を遣ってあげたの。ゆっくり話すといいわ」

「ま、待って！　玲花！」

足に力が入らず、座り込んで動けない私を無視し、玲花は笑いながら土蔵の戸を閉めた。

土蔵の中にいるのは、私と怨霊になった祖父だけになった。

「ち、違うの。私、裏切ったわけじゃ……」

怨霊となった祖父が玲花から私のほうへ視線を移す。

祖父が口にしたのは、恨み言だった。

『ウラギリ……ダマサレ……』

裏切り者、騙された――聞きたくなかった言葉の数々に耳を塞ぐ。

「ごめんなさい……。おじいちゃ……」

丸く蹲《うずくま》り、その場で何度も謝罪した。

でも、祖父は許してくれないだろう。

育ててくれたのに、最後の最後で祖父を裏切った。

震える体に力が入らず、逃げることもできず、ただ暗闇の中で謝り続ける。

「ごめん……なさい、ごめんなさい……」

何度目かの謝罪で顔を上げると、私の目の前に祖父が立っていた。

――殺される。

憎しみと苦しみが混じった感情が、表情から伝わってくる。

怨霊となった祖父の手が私の首に伸びても抵抗できなかった。育ててもらったくせに私は祖父の跡を継がず、祖父の着物から文様を奪い、駄作にしてしまった。

私の罪は大きい。

「期待に応えられなかった……私を許してくださ……い」

私の首にかかった手から逃れようと、弱々しい抵抗をみせた私に手のひらの龍文《りゅうもん》が目に入った。

龍文《りゅうもん》は闇より濃い黒に染まり、その存在を主張している。

これは、私を守るためにくれた文様であることを思い出した。

『死にたいとは思っていないようだな。安心した』

安心したと言った——私を心配してくれる人なんて、この世に誰もいないと思っていた。

私が死にたくないと答えた時、紫水様は喜んでくれた。

生きていることを喜んでくれる人がいるのに、ここで死を受け入れるわけにはいかない。

涙で滲んだ目に高い窓から入る明るい日差しが見える。日差しは風に揺れるスカートの裾のように柔らかい。

——私が跡を継がなければ、おじいちゃんががっかりするだろうとわかっていた。わかっていて跡を継がなかったのに、今さら赦《ゆる》されようなんて都合がよすぎる。

固く閉ざされた土蔵の入口に視線をやり、攻撃的な気持ちで手をかざす。

「文様……【龍】っ……！」

身に宿した文様を使う時と同じように龍を放ったはずだった。私が想像していた力と、まったく違う力の強さが放った手から伝わってくる。

それは闇よりも暗い龍、影よりも黒い影。龍の形をした黒い影が疾《はし》り、土蔵の戸を一瞬でぶち破った。

戸がなくなったことで強制的に明るくなった出入口から、鉄製の錠前が遠くまで弾け飛び、歪んで地面に転がっているのが見える。

「え……？　い、今の……？」

紫水様が私に与えた龍文《りゅうもん》は、今まで私が使った文様の中で最も危険で凶悪な文様だった。

頑丈な戸の消失と鉄製の錠前が歪むほどだとは、想像もできなかった。

「なにやってるんだ？　隠れ鬼か？」

土蔵の中の私を一番に見つけたのは紫水様だった。

私を見る紫水様の足元には錠前の残骸が転がっている。

紫水様はまだ木くずが落ちる入口をくぐり抜けて、涙で頬を濡らした私に近づくと、冷たい指で涙をぬぐう。それで、やっと私は助かったのだと思い、落ち着きを取り戻して口を利くことができた。

「隠れ鬼では……ないのですけど……」

「そのようだな」

大きな破壊音を耳にした人たちが、何事かと土蔵の周辺に集まってきた。

「これはいったい……。いったいなにが……」

駆けつけた父は事態が把握できず、壊れた戸と鍵を目にして混乱していた。

昨日、遅くまで宴会が続いたため、父はまだ寝間着から着替えておらず、浴衣姿のままだった。

母も髪をまだ整えていなかった。

「誰かが土蔵の中に、世梨を閉じ込めたようだ」

紫水様の怒りを抑えた低い声に、両親も駆けつけた者たちも息を呑んだ。

玲花だけは笑っていたけど、紫水様に睨《にら》まれ、サッと母の後ろに隠れた。

「だ、誰でしょうな。そのような真似をするのは……」

「犯人が誰なのかわかっているだろう？」

両親は玲花の態度から誰が私を閉じ込めたか気づいている。

でも、玲花を庇いたい気持ちが強いからか二人とも口をつぐみ、私から気まずそうに目を逸らす。

私は両親に捨てられた気持ちを味わった。

紫水様はショックを受け、呆然としている私の腕を掴み、立ち上がらせると、両親を睨《にら》んで言った。

「長居する気になれない。陽文、東京へ戻るぞ」

「そうですね。異論はありません」

陽文さんに笑みはなく、両親は陽文さんからも目を逸らし、知らぬ存ぜぬを通した。

すでに、紫水様たちの準備はできており、長居するつもりは最初からなかったようだ。

「昨日、荷物は送りましたから、いつでも戻れますよ。他に荷物はありますか？」

「俺はない。世梨は？」

私もなかったので、首を横に振ると、車の鍵を手にした陽文さんが微笑んだ。

「じゃあ、行きましょうか」

郷戸を去る私に両親がかけてくれる言葉は一言もなく、願うような気持ちで振り返った。

一度でよかった。

せめて一度だけ優しい言葉が欲しくて、血の繋がった家族のほうを見た。

でも、両親は玲花を守るように立ち、その目は紫水様たちを追っている。

「世梨、行くぞ」

紫水様に黙ってうなずき、顔を前へ向けた。

それと同時に涙がこぼれ、言葉にできない苦しい感情に自分がまだ両親からの愛情を諦めていなかったのだと知った。

「俺に親はいない。だから、なんと言えば泣き止むかわからないが……。泣くな」

紫水様はどうしていいかわからないという顔をしていて、今までで一番人間らしさを感じ、胸の苦しさを忘れた。

どんな相手にも動じない紫水様が、私が泣いているから困っているなんて、なんだか不思議な気持ちになった。

「お前が泣くと、なんとかしてやりたくなる。だが、あの家を破壊したいわけじゃないだろう?」

「そ、それはもちろんです! どうして壊すんですか?」

「スッとするかと思ってな」

「い、いえ……。驚いて涙は止まるかもしれませんが、すっきりはしません」

「そうか。なら、やめておく」

どこか残念そうに見えたのは、私の目の錯覚だろうか。

「それで、土蔵でなにがあった。力を使っただろう?」

私を恨む祖父の姿を思い出し、一瞬、それを紫水様に言っていいのかどうか迷った。でも、紫水様なら、私の弱さも辛さも受け止めてくれる気がして、不安な気持ちを口に出した。

「土蔵の中で、おじいちゃんが怨霊になって現れたんです」

「千秋が?」

「はい。でも、おじいちゃんに文様の力を向けられなくて……」

「それで、戸を壊したというわけか」

「壊すつもりはなく、ちょっと音が出たらいいなくらいでした」

錠前が歪み、戸を粉砕するほどの力があるとは思わなかった。

身を守るにしては威力がありすぎると思う。

「先生は手加減を知りませんからね」

「うるさい。人の世に合わせた力加減なんぞできるか！」

「そんなこと言わずに、手加減してくださいよ。それにしても、千秋様が怨霊になるとはおかしな話ですね。世梨ちゃんを恨む理由がわかりません」

陽文さんから見たらそうかもしれない。

でも、私には心当たりがある――

「なんだ。千秋に言えなかったことでもあるのか？」

紫水様は私の心がわかるのか、俯いた私を見て笑った。

でも、私の話を聞いたら、きっとそんなふうには笑えない。

「紫水様にも言えません……」

怒るかもしれないと思っていたのに、紫水様は怒らなかった。

「わかった。言えるようになったら、聞いてやる」

「言わなくてもいいんですか？」

「そのうち自分から言うだろう」

そんな日がやってくるだろうか――紫水様に自分の夢を語る日が。

「我慢をして生きてきた者は、自分の思いを口にするのは難しい」

「そうかもしれません……」

「人も本当の自分を隠すものなんだな」

「私、紫水様の本当の姿を知りません」

ぽんっと頭の上に手を置かれた。

「知る必要はない。人として俺たちは生きなくてはならない。隠すのが当たり前だ」

紫水様の言葉に、陽文さんもうなずいた。

「人間の姿に我々は近づくのが目的です。だから、人間の嫁を娶《めと》るんです。共に生きることで人間という生き物を我々に教えてくれる」

陽文さんの金色に近い瞳が、郷戸の屋敷を眺める。

「その代わり、選んだ女性は全力で守ります」

ハンチング帽をかぶり直した陽文さんの瞳は元の茶色に戻り、私を見つめていた。

「だから、世梨。お前が望むなら屋敷ひとつつくらい壊してやったんだがな」

「そっ、それは、やめてくださいっ！」

「先生……。さすがに屋敷ひとつは千後瀧本家も誤魔化《ごまか》すのは難しいですよ。人間は好奇心旺盛ですからね。ほら、見てください」

陽文さんが指差したのは、自分が乗ってきた車だった。

そこには、好奇心旺盛な村の子たちが集まっている。車の持ち主がやってきたことに気づいた村の子たちは蜘蛛《くも》の子を散らすように逃げていった。

人は珍しいものに目がない。

少しでも変わったことがあれば、こうして注目を集めてしまう。

それでは困ることもある。

「ああ、そうだ。世梨」

車に乗る前に紫水様は言っておかなくてはと思ったらしく、足を止め、私に言った。

「次に千秋が現れたら、俺を呼べ。怨霊でもいいから、俺はあいつに会いたい」

「紫水様……」

「人は弱く、命は短すぎる」

紫水様の声は、どこか寂しさを含んでいた。

祖父に会いたい理由を陽文さんが教えてくれた。

「千秋様は筆を置いた後、身内以外、近寄ることを禁じました。もし、その約束を破れば、所持している作品のすべてを焼却すると言われたんです」

今にして思えば、祖父が病の床についてから訪ねてくる人はほとんどいなかった。

祖父は筆を持てなくなった自分に価値はないと言って、すべての人を拒んだ。世話をする私以外、誰も寄せつけなくなった。

「先生は連絡くらいと思ったようですが、残された短い時間を世梨ちゃんと過ごさせて差し上げたかった」

「そうだ。あいつは最後にお前と過ごす時間を選んだんだ。自分の作品すべてを捨ててもいいと思うほど、お前を大事にしていたのにお前を恨むわけがない」

「はい……」

涙がまたこぼれてきた。

ずっと私は誰かにそう言ってほしかったのだ。

祖父は私を恨んでないと、私は愛されていたのだと言われたかった。

「世梨ちゃん、どうぞ」

陽文さんが車のドアを開けてくれた。

「田舎道だからちょっとばかり揺れるけど、車は便利なんですよ」

「近くの駅まででいい」

「そんな！　東京まで車で帰りましょうよ！」

「陽文だけで帰れ」

この光景を一度見た気がすると思いながら、紫水様たちのやりとりを眺めた。

車の前で揉めていると、屋敷のほうから声がした。

「世梨さん！　待って！」

息を切らせて走ってきたのは、私と同じ年頃の卵焼きをくれた女中で、その手には包みを持っていた。

「よかった。間に合った！　これ、お弁当。朝ごはん食べてないだろうから、お二人の分も」

それは竹の皮に包まれたお弁当だった。渡してくれたお弁当は、まだほんのり温かい。

「土蔵に閉じ込められたって聞いたわ。大変だったわね。怪我はない？」

両親でさえ、かけてくれなかった優しい言葉にまた涙がこぼれた。

「ど、どうかした？　やっぱり、どこか痛めたところがあるの？」

「いえ……。ありがとうございました。あの、よかったら名前を聞かせてもらっていいですか？」

東京に着いたら、彼女にお礼の手紙を書きたい――人に対する暗い気持ちを抱いたまま、ここを去るところだった私を救ってくれた彼女に。

「そういえば、まだちゃんと名前を言ってなかったわね。私の名前は高芝初季《たかしばはづき》。そのうち、私も大阪か東京に行くつもりだから、その時はよろしくね」

初季さんは明るくすっきりした顔をしていた。

「東京へ戻る世梨さんを見て、私も夢を捨てちゃ駄目だと思ったの。だから私もここを出る」

「夢……」

「そっ！　親には反対されちゃってるけど、ここで働いて、お金を貯めたら出てってやるわ！」

「反対されてもですか？」

「そーよ。人生は泣いても笑っても一度きりなんだから！　世梨さんもここにいるより、結婚したほうがいいと思って結婚したんでしょ。出会ったばかりの人でもさ！」

紫水様は自分との結婚が妥協案のように扱われ、納得いかない顔をしていたけれど、初季さんは気にしていなかった。

「だからね。絶対、世梨さんを見送りたかったの。次は私の番だって言いたくて。お弁当、冷めないうちに食べてね！」

初季さんは力強く私の背中を叩き、門出を祝福してくれた。

私の見送りは彼女一人だけ。でも、一人だけだったとしても、私の新しい旅立ちを祝福してくれる人がここにいた。

私たちが乗った車が見えなくなるまで初季さんは大きく手を振り、見送ってくれた。

「面白くて元気な女性でしたね」

「はい。とても、いい人で……。私のことを気にかけてくれました」

膝の上に置いたお弁当が温かい。

冷めないうちにねと、初季さんが言っていたのを思い出した。

「紫水様、陽文さん。お弁当を食べますか？」

「もちろんです！　朝早くて店も開いてないから、昼まで食事はお預けかと思っていました」

お弁当の包みを紫水様と陽文さんに渡す。

竹の皮に包まれたお弁当を開けると、そこには海苔に包まれたおにぎりが並んでいた。

「これ……」

一口食べたおにぎりの中身は卵焼き。

「初季さん、卵は特別なのに……」

私のために、こっそり入れてくれたのだろう。

初季さんの優しさに、また涙がこぼれた。

――いつか私も初季さんのように、自分の夢を堂々と口に出して言いたい。

顔を上げ、前を向く。

水田の畔《あぜ》は緑に染まり、春の花が咲く田舎道の先に駅舎が見える。
私の新たな旅立ちの日——本物の鶯《うぐいす》の声が聞こえ、白い梅の花が咲き、春を告げていた。

第二章

東京の空にも同じ鳥がいる。

郷戸の家で見た鳥と同じ鳥が飛んでいた。

汽車から降り、東京駅を出た私は空を見上げた。出たばかりに聞こえた鳥の鳴き声が、私の視線を上へ向かせた。

冬が終わり、雁《がん》が列となって飛び去っていく姿が視える。

「世梨。よそ見していると危ないぞ」

「す、すみません……」

紫水様は人にぶつかりそうになった私を手で庇ってくれた。

ここは田舎じゃないから、ぼんやりしていては危ない。

まだ関東大震災の傷跡が残っている東京。焼け跡には薄いトタン板のバラック小屋が並んでいる。

バラック小屋を仮店舗として商売を再開する店は、私が郷戸へ戻る前よりずっと増えていた。

そして、色鮮やかなデザインと大きな文字の看板を掲げた店が多く、西洋風の建物を目にした。

すぐに町は変わってしまう。

黒い瓦屋根が並んだ以前の街並みが懐かしい。

「駅は混雑しているから気をつけろ」

「そうですね。こんなに人が多いとは思っていませんでした」

「交通網がまだ完全に戻ってないからな」

駅は予想以上に混雑していて歩くのが大変だったけれど、それでも帰ってこられたことが嬉しい。

「汽車で正解だった。陽文の車は酔う」

「でも、近くの駅まで乗せていただけたので助かりました」

陽文さんご自慢の国産自動車は、舗装されてない田舎道を走るには不向きだった。申し訳ないと思いつつ、私と紫水様は近くの駅まで送ってもらって汽車で帰ってきた。

別れ際、陽文さんが寂しそうにしていたけど、紫水様は頑なに自動車を拒み、乗って帰るとは言わなかった。

そして、到着した東京。

これから私が住む場所は元いた祖父の家ではなく、紫水様が本家を出て住んでいるという家だった。

家は郊外にあり、静かでいいのだと汽車の中で教えてもらった。

「足りないものがあれば、おいおい揃えるとしよう。被害が少なかった店は営業を再開しているから不便はないだろう」

「それは助かります」

東京の道は騒がしく、人力車がガラガラと走っていったかと思うと、次は自転車が横切っていく。荷車に山のような荷物を載せて運ぶ人も多かった。

とにかく東京は人の波が途切れる暇がないくらいで、とても目が忙しい。

「千後瀧に迎えを頼んでおいたから、そろそろ到着する頃だろう。バスを使うにしても混雑しているからな。それに市内の電車も本数が減って乗るのも億劫だ」

「早く元通りになるといいですね」

「そうだな」

話しているうちに、千後瀧家から立派な黒塗りの車が到着した。

震災の被害を受け、自動車は数を減らしていて手に入り難い。その自動車を所有しているだけでも千後瀧家の裕福さがうかがえる。

父が娘を嫁がせたいと躍起になるはずだ。

「紫水様。おかえりなさいませ」

千後瀧家の運転手さんの制服は洋服で、とても礼儀正しかった。深々とお辞儀をし、車のドアを開ける。

運転手さんは挨拶《あいさつ》のみで他に会話はなく、紫水様もなにも話さない。それが当たり前なのか、無言の車内で私は居心地が悪く、窓の外を眺めていた。

家の前まで私たちを送り届けると、運転手さんは軍人さんみたいに機敏な動きで一礼して去っていった。

「運転手さんの制服は洋服なんですね」

なんとなく、千後瀧の本家に関わる人の前で話しにくく、車が見えなくなってから紫水様に話しかけた。

「最近はどこも洋服が多いんじゃないのか？　陽文のところの三葉財閥系列は百貨店も銀行も洋服を採用してるらしいぞ」

そういう紫水様は黒色か黒に近い色の着物が多い。

紫水様は洋服より和装を好まれているようだけど、身長が高いから洋服も似合いそうな気がした。

「どうかしたか？」

「いえ。なにも……」

じろじろ見てしまったことに気づき、慌てて他に目をやった。

「ここが俺の住んでいる家だ」

玄関までの短い距離、両側は小さな庭になっていた。

南天、紫陽花《あじさい》、梅の花――そして、川の上流で見かけるような大きな石が置かれている。小さいながらも、じゅうぶん楽しめる庭だ。

「世梨の好きな部屋を自由に使っていいぞ」

紫水様はそう言って、玄関の硝子戸《がらすど》を開けた。

玄関には郷戸から送った荷物がすでに届けられていて――

「えっ……！」

思わず、声を上げてしまうほどの惨状が目の前に広がっていた。

「ん？　なにかあったか？」

玄関には山積みの本とガラクタ、ほこりまみれの明らかなゴミ……ゴミだと思うけど、紫水様は蒐集家《しゅうしゅうか》。もしかしたら、ゴミと思われる物も名のあるお品かもしれない。

玄関でこれなら、奥はもっと凄まじいはず――嫌な予感がして、紫水様の着物の袖を掴んだ。

「あ、あのっ！　お掃除はいつしましたか？」

「いつだったかな。夏？」

「今は春です」

「まだ一年、経ってなかったか」

あやかしは完璧ではない――それを知った瞬間だった。

「……これから、紫水様はお仕事ですか?」

一刻も早く掃除をしなくてはいけない。

そんな使命感に駆られた。

「ああ、そうだ。玄関から入って左が俺の仕事部屋だ。それと悪いが、仕事中は……」

「お仕事が終わった頃を見計らい、声をかけさせていただきます」

「そうしてくれると助かる」

紫水様は祖父と同じで、仕事をしている間、話しかけられたくないのだとわかった。

「家のことは、その辺にいる俺の配下に頼め」

「配下……?」

紫水様の視線の先にあるのは、無造作に積み上げられた物の山。あまりにごちゃごちゃしていて、『その辺』がどの辺を指しているのか私にはわからなかった。

「そいつの力は俺が保証する。この近辺を出歩く程度なら、心配はいらない」

じゃあなと言って、紫水様は仕事部屋へ入っていってしまった。

紫水様は日帰りするはずが、私との婚礼で滞在が予想以上に長引いてしまい、仕事の予定が詰まっている。私をこの家へ迎え入れるのも想定外だったはずだ。

なるべく、紫水様の仕事の邪魔にならないよう気をつけようと心に決めた。

「荷物の片づけの前に、この惨状を先になんとかしなければ……」

手始めに掃除道具を探し出すところから。そして、台所を片づけて夕食を作るまでが今日の目標とした。

「紫水様の配下って、どこにいるのかしら？」

家の中を見渡したけれど、今は不在なのか、どこにも見当たらない。台所と女中部屋らしき物置は玄関から入って右側、真っ直ぐ行くと客間、そして居間に茶の間。

その奥にも部屋があったけれど、開かなかった。

「鍵がかかっているということは、紫水様の大切な蒐集《しゅうしゅう》品置き場なのかもしれないわ。そうなると、私が眠れそうな他の部屋は……」

縁側の横の部屋が空いていた。

一人分の隙間がかろうじて残っていた。

私の荷物が少なくて、本当によかった。

荷物から割烹着と襷《たすき》を取り出し、今夜の眠る場所を確保するため、奥の部屋を片づけ始めた。

布団を干し、洗濯タライを探し出して洗い物を集める。そこまで作業を終えて、ハッと我に返った。

「そうだわ。台所も片づけないと食事が作れない……」

台所は近代化され、ガスも水道も使えた。とても便利になっているのに、使われた形跡がない。

この家で食事をするには、台所と茶の間を綺麗にする必要がある。

茶の間へ入り、座布団を拾い集めて重ねようとした時、座布団の中に白い紐が見えた。

「紐？　新聞をまとめるのに使えそう」

座布団と座布団の間から、紐を引っ張り出す。

白い紐は手をすり抜け、しゅるりとすばやく尾を動かし、畳の上にとぐろを巻いた。

まだ子供なのか、小さな白蛇だった。

「へ……蛇っ！」

悲鳴を上げそうになって口に手をあてた。

紫水様は忙しいのに騒いだりしたら、仕事の邪魔になる。

私の気配に目を覚ました蛇は、すばやく人の形に変化した。

「うぅー。お昼寝してたのにぃ……。陽文さまですかぁ？」

人の姿になった白蛇の子供は、眠そうに目をこすり、じぃっと私を見る。

青墨《あおずみ》色の髪と瞳、白い童水干《わらわすいかん》姿の男の子は、まるで牛若丸みたいだった。

「ひゃっ！　も、もしかして、紫水さまのお嫁さま……」

「はい。世梨と申します」

私が丁寧に挨拶《あいさつ》をすると、男の子はぴょんっと跳び上がり、頭を下げた。

「ご無礼をっ！　ぼくは紫水さまの配下、一ノ川蒼《いちのかわあお》ですっ！」

「そうですか。蒼様は……」

「ぼくのことは蒼とお呼びください」

「蒼ちゃんとお呼びしてもよろしいですか？」

蒼ちゃんは頬を赤く染め、こくこくっと首を縦に振った。

「えっと、ぼく、お茶を持ってきます。世梨さまはお疲れでしょう。おくつろぎくださいませっ！」

蒼ちゃんは勢いよく走っていったけど、私は台所の惨状を思い出し、心配になって後を追いかけた。

案の定、蒼ちゃんは埋もれた台所の前に立ち尽くし、呆然としていた。私が背後にいることに気づいて慌てふためき、自分の小さな背中で隠そうとする。

「ぼ、ぼく、ちゃんとできます。ぼくは紫水さまのお世話係に選ばれたんだから……」

紫水様のお世話係は名誉なことらしく、蒼ちゃんは顔の表情を引きしめた――のは一瞬で、絶望的なまでの散らかりようを見て悲しい顔をした。

蒼ちゃんはそれでも埋もれた流し台の中、湯呑みを探し始めた。

「あの、蒼ちゃんのお手伝いをしたいのですが、よろしいでしょうか?」

「ぼくの?」

「はい」

「でも、紫水さまに叱られるかも……」

「私がお手伝いしたいと、申し出たのですから叱られません」

蒼ちゃんはホッとした顔でうなずいた。

一緒に台所を片づけ、お湯を沸かせるまでにはなった。

ガス式のコンロに水道付きの台所は火を起こさなくていいから、とても便利で使いやすい。

「湯呑みがないので、お茶碗ですけど。蒼ちゃん、どうぞ」

お茶の葉がなくて中身は白湯だった。でも、ひと仕事を終えた後の温かい白湯は美味しく感じられた。

「世梨さま、あったかくて美味しいですね」

「ええ」

お茶の間に続く段差に蒼ちゃんと並んで座り、白湯を飲んだ。

久しぶりに緊張感のないホッとする時間が流れていった。

台所を片づけているうちに、私と蒼ちゃんは打ち解けて、千後瀧家の話を聞くことができた。

「世梨さま、おうちが散らかっていて、びっくりでしたよね……？」

「少しだけ驚きました」

本当はすごく驚いたけど、蒼ちゃんの気持ちを考え、少しと答えた。

「最初のうちはお手伝いの女の人がいたんです。でも、紫水さまが怒ってお手伝いの女の人を全員追い出してしまったんです」

「怒って？　紫水様が？　いったいなにが起きてそんなことになったの？」

お手伝い全員とは穏やかな話ではない。紫水様が嫌がるようなことがあるなら、しっかり心に留めておかなくてはならない。

「千後瀧の本家からきたお手伝いの女の人たちは、みんな紫水さまのお嫁さま候補でした。一人だけじゃなくて、たくさん来たんです」

蒼ちゃんは白湯の入ったお茶碗を大切そうに両手で包み込むように抱え、ため息をついた。

「そしたら、紫水さまのお嫁さまになりたい女の人たち同士で喧嘩になったんです」

「け、喧嘩に……」

「ああ見えて紫水さまは怒ると怖いんですよ。千後瀧の本家へ行った紫水さまは、お手伝いはいらないって言って暴れて本家を壊したんです。一瞬でした」

白湯を噴き出しそうになった。

そして、自分の右手のひらを見つめた。

私は土蔵で一度、紫水様の力を使った。鉄製の錠前が吹き飛び、戸は粉砕された。

破壊力なら、すでに実証済み。あんな力を自由に使って暴れられたら、あっという間に家がなくなってしまう。

「そ、そう。気をつけましょうね」

「だから、紫水さまがお嫁さまをもらうって連絡が来たので、とっても驚きました！」

妻はいらないと、家を破壊するくらい怒ったのだから、蒼ちゃんが驚くのは当たり前。でも、紫水様と私は偽の結婚をした。

——だから、大丈夫だったのかしら？

うーんと唸り、首を傾げた私に蒼ちゃんは興奮気味に言った。

「世梨さまが優しいお嫁さまでよかったです。ぼく、一生懸命お仕えします！」

「ありがとう。蒼ちゃん。早速だけど、家の近くでお買い物ができるお店を教えてもらってもいいかしら？」

「はいっ！　お供します」

ぴょんっと蒼ちゃんは立ち上がり、張り切った様子で、手を挙げた。

やっと夕飯の準備ができそうな環境にまで整い、買い物へ行くことにしたのだった。

＊＊＊＊＊

白湯を飲み終わると、近くのお店へ蒼ちゃんが案内してくれた。

緩やかな坂の下にあるのは豆腐屋、お肉屋、甘味処に蕎麦《そば》屋――郊外にしては店が多い。

「お店が多くて賑やかな町なのね」

「前は虫の音《ね》が聞こえるくらい静かでした。でも、大きな地震があってから、こっちへ引っ越す人が増えてきたんです。お店をやる人が出てきて、賑やかになりました」

「そうだったの」

新しい木材を運び入れる人、七輪を買い求める人たちが、私たちの横を足早に通り過ぎていく。

よく見れば、長く住むための準備をしている人が多い。

この町はさらに賑やかになりそうな気がした。

「まずはお米とお茶の葉が必要ね。それから、味噌も」

「はいっ！　ご案内します」

蒼ちゃんは嬉しそうな顔をし、張り切って私の前を歩く。そんな蒼ちゃんを見ているだけで、思わず顔に笑みが浮かんでくる。

「買わなくてはいけないものがたくさんあるわ」

手に持てる量は限られている。

今日はどうしても必要な米と味噌、お茶の葉、野菜などの食料品を買った。

途中、鴉の姿を数羽見かけたけれど、私たちには近寄らず、郷戸の時と同じように鳴き声を上げただけだった。

蒼ちゃんが前に出て、ひと睨《にら》みすると、鴉は逃げるように山とは逆方向へ飛び去っていった。

「あの鴉……」

「大丈夫ですっ！　世梨さまのことは、ぼくが守ります！」

鴉たちがなにもできずに逃げるくらいだから、蒼ちゃんも弱くないと思う。紫水様も大丈夫だと言っていたから、心配はいらないはずだ。

「ありがとう。でも、無理はしないで。危ないと思ったら一緒に逃げましょう」

「はいっ！」

それ以上、変わったことはなく、無事、買い物を終わらせて帰宅できた。

蒼ちゃんが荷物を片づけている間、私は夕食作りにとりかかる。

綺麗になった台所で、まずはお米を炊くことにした。

「蒼ちゃん、お皿はないかしら？」

おかずをなにか作ろうと思ったけれど、皿がない。

湯呑みだけではなく、茶碗も皿も足りなかった。

「紫水さまが蒐集《しゅうしゅう》したお茶碗とお皿があったと思いますっ！　持ってきます！」

「だっ、駄目よ！　それはすごく高価な物だから駄目！　今日は簡単な食事にするから大丈夫！」

「えー？　そうですか？　けっこう素敵なお茶碗がありますよ？」

首を横に振ってお断りした。

紫水様が集めたという器の数々は普段使いできるものではないと思う。

今日はお味噌汁とおにぎりに決めた。

湯呑みも使えば、お味噌汁の器代わりになる。

ご飯を炊いている横で味噌汁も作った。

「うわぁ、炊き立てのご飯だぁ」

蒼ちゃんは炊き上がったご飯を眺め、にっこり微笑んだ。

私も釣られて微笑む。

ガス式の炊飯器で炊いたお米はふっくらしていて、つやがある。

ご飯を杓文字《しゃもじ》で、ひっくり返すと釜の底にはご飯のお焦げが残っていた。

「世梨さま。おにぎりなら、ぼくもできます」

「じゃあ、一緒に作りましょうか」

「はいっ！」

塩と海苔のおにぎり、お豆腐のお味噌汁。これは祖父が忙しい時、いつもきまって祖母に頼んだ食事だった。

祖母が亡くなってからは、その仕事を私が引き継ぎ、おにぎりと味噌汁を出した。

寂しさと懐かしさが入り交じった気持ちで、おにぎりを握った。

「紫水さま、きっと喜びますねっ！」

「そうだといいけど……」

紫水様がいつもなにを食べているか、考えずに作ってしまったことに気づいた。

お金持ちだし、贅沢な食事をしているのではと思ったのだ。

「蒼ちゃん。台所が使われていなかったみたいだけど、食事はいつもどうしていたの？」

「近くのお蕎麦《そば》屋とか、飯屋とか……。陽文さまが折詰弁当やいなり寿司を買ってきてくれることもあります。陽文さまは紫水さまを尊敬していて、よく水墨画を見に来られるんですよっ！」

「そうだったの。だから、陽文さんは紫水様を先生と呼んでいるのね」

陽文さんが頻繁に訪れるのなら、お客様用の湯呑みとお茶碗も必要になる。

物はあるのに、日用品がまったく足りてないという現実。でも、いつも外食なら確かに食器はいらない。

蒼ちゃんは自分の頬についた米粒に気づかず、一心不乱におにぎりを食べていた。

そんな蒼ちゃんを見ていたら、紫水様も美味しいと言ってくれるような気がした。

味噌汁とおにぎり、お茶を用意してお盆に載せる。

そして、紫水様の仕事部屋の前まで持っていき、襖戸《ふすまど》を叩く。襖《ふすま》は開けずに、外から声をかけた。

「紫水様。お邪魔して申し訳ありません。お食事を部屋の前に置きましたから、よろしければ召し上がってください」

「食事を？」

いらないと言われるだろうかと、不安になった。

紫水様の立ち上がる気配がし、足音が近づく。

襖戸《ふすまど》が開いた時、紫水様の顔の表情を見てホッと胸を撫でおろした。

私に向けられた目は優しく、持ってきた食事に視線を落とし、前髪をくしゃりと握り潰した。

「悪い。そういえば、蒼しかいないんだった。明日、千後瀧から女中を呼ぶ」

紫水様は申し訳なさそうな顔をして、私に謝った。

そんな顔をする紫水様は初めてだった。

「いいえ。女中は結構です。家のことは一通りできますし、なるべく紫水様のご迷惑にならないよう過ごさせていただきます」

住まわせてもらえるだけありがたく、私は畳の上に指をつき、深々と頭を下げた。

「頭を下げるな。俺が迷惑だと思っているなら、最初から家に入れない」

「そ、そうですよね……」

千後瀧本家を破壊したという話を思い出し、うなずくしかなかった。

「言い忘れていたが、鍵がかかっている奥の部屋には、俺が蒐集《しゅうしゅう》した物が置いてある。いわく付きの物ばかりだ。入る時は気をつけろよ」

「承知しました」

いわく付きと言われては、開ける気にもなれなかった。

掃除ができないのは残念だけど、それは仕方ない。

「他になにか必要なものはあるか？」

「そうですね……。掃除道具と食料。それから、それぞれ各自のお茶碗と湯呑みでしょうか。できれば、お客様用のお茶碗と湯呑みなども、あれば助かります」

「……なかったな」

仕事部屋に足を踏み入れられるのが嫌かもしれないと思い、すぐ入口に座っていたけれど、紫水様は気にしないようで、手招きをして中へ入れと促した。

硯《すずり》には磨《す》った墨の濃い黒色が残り、室内には墨の清香《せいこう》が漂う。

制作途中の水墨画を乾かしているのか、まだ書きかけのものが床に広げられていた。

時間の経過によって、変化する墨の色は一色で多彩な色を生む。

まだ途中までしか描かれてない水墨画は山水図だった。岩場の人家、奥には霞《かす》んで見える人里――絵の中に広がる幽玄の世界がそこにはあった。

「黒一色なのに、たくさんの色が使われているように見えます。青にも灰にも。とても綺麗な墨色ですね」

「それなら、よかった。俺は千秋の弟子になるつもりでいたんだが、あいつが俺に水墨画をやれと言った。だから、こっちをやるようになった」

「おじいちゃんがそんなことを？」

「ああ。千秋はやめろとは言わない。その代わり才能がない奴にやれとも言わない男だ。……残酷な奴だ」

私は祖父からなにを言われただろうか。

私がなにを描いても、祖父は胸の前に腕を組み、にこにことした顔で眺めていたような気がする。

「そうですか。でも、紫水様の水墨画は確かに見事だと思います。いつも飾って眺めたいと思うくらいに」

「似ているな」

「え？」

「千秋の最高の褒め言葉はそれだった。そして、あいつは世梨の絵をよく飾っていた」

それは身内の贔屓目《ひいきめ》で、祖父が孫の絵を飾っていただけだと思う。

「そうですね。私は孫ですから……」

「そんなことはない。千秋は厳しい男だった。孫にも容赦はしないぞ」

「はぁ……」

そうかしらと思いながら、首を傾げた。

「世梨、これを。お前に財布を渡しておく。そのほうが楽だろう」

私に手渡されたのは、ずしっと重い財布で中身は全部お札だった。

小銭がないこともだけど、すぐに数えられないお札の枚数に動揺してしまい、言葉が出なかった。

「あ、あの……」

「足りなかったか」

「いえっ！　足りてます！」

「足りなかったら、まだあるぞ」

「平気です！」

紫水様が文箱の中から、おもむろに取り出してきた追加の札束を見て、慌てて断った。

——私と紫水様じゃ金銭感覚が違いすぎるわ。

動揺している私をよそに紫水様はお腹が空いたのか、おにぎりを口に入れた。

「食べやすいし、うまいな」

「おじいちゃんが忙しい時に頼む食事はおにぎりだったんですよ」

お味噌汁とおにぎりが定番だった。

夜遅くまで作業をしていることもあり、手軽に食べられるものを好んだのだ。

「千秋の食事か……。そうだ。世梨。これをやろう」

そう言って、紫水様が棚から取り出したのはスケッチブックだった。

真新しいスケッチブックと鉛筆。これは、祖父がくれたのと同じ物だった。

私に渡す時、祖父は決まって——

「好きなものを描くといい」

——そう言うのだ。

生活の中にある物でいいから、好きなものを描けと。

「……不思議ですね」

「うん？」

「紫水様はおじいちゃんと同じことを言うんです」

紫水様は私が祖父と似ていると言ったけれど、それは違う。

好むものが似ているからか、血の繋がりのある私より紫水様のほうが、祖父に似ている気がした。

「遺された者は先に逝った者の面影を探して、寂しさを紛らわせているのかもな」

紫水様は少し複雑な顔をして言った。

祖父を知る者同士、私と紫水様は寂しい気持ちを理解し合えた。血の繋がりのある両親よりも心が近く感じる。

「スケッチブック、ありがとうございます。なにか描いてみます」

「ああ。それと、外に出るのはいいが、蒼を必ず連れていけよ。鴉があれで諦めたとは思えない」

「はい」

紫水様の言う通り、今日も怪しい鴉が私と蒼ちゃんを見ていた。

蒼ちゃんがいたからか鴉は近寄らず、遠くで鳴いただけだった。

「蒼ちゃんと一緒に買い物へ行きます」

「それがいい」

忙しい紫水様の邪魔をするわけにはいかない。

「では、失礼します」

お辞儀した私を見て、紫水様はしばらく間を置いてから言った。

「おやすみ、世梨」

「紫水様、おやすみなさいませ」

挨拶《あいさつ》を交わして眠る。

そんな当たり前のことがなんだか嬉しくて笑みをこぼすと、それを見た紫水様も微笑んだ。

紫水様の部屋を出ると、玄関前を電灯が白く照らしていた。

台所の窓から、通り向かいの家々が灯した蜜柑《みかん》色の明かりが見える。夜の灯が胸に温かみを持たせ、流れる優しい空気は孤独だった私の心を埋めた。

なんて穏やかな夜。

結婚生活が始まったばかりなのに気がつくと、私はここで紫水様たちと少しでも長く一緒に過ごしたいと願っていた。

＊　＊　＊　＊　＊

東京へ戻って一週間ほど経った晴天の日。

家の中にあった布団を全部干し、座布団も洗った。

外に干した洗濯物が風に揺れている。洗濯物から石鹸のいい香りが漂ってきて、うっとりと目を細めた。

艶やかな薔薇《ばら》模様の缶に入ったお洒落《しゃれ》な石鹸は、きっと高級品だと思う。

それが使われずにガラクタ……蒐集《しゅうしゅう》品に埋もれていたのを発見し、さっそく使ってみた。

香りがよくて満足のいく洗い心地だった。

それに薔薇《ばら》模様の缶は石鹸を使い終わった後も小物入れとして使えるから、とても嬉しい。

洗濯物を干し終わると、ちょうど蒼ちゃんがやってきた。

「世梨さま！　ご飯が炊けました！」

「蒼ちゃん、ありがとう」

蒼ちゃんはとても覚えがよく、私の手元を見ただけで、あっという間にご飯を炊けるようになった。

炊き上がったご飯は飯櫃《めしびつ》へ移し、蒼ちゃんは誇らしげな顔で飯櫃《めしびつ》を抱え、茶の間へ運ぶ。

私は卓袱台《ちゃぶだい》に各自のお茶碗とお箸を並べたら、割烹着と襷《たすき》をとった。

「ぼくの湯呑みですっ！」

蒼ちゃんは嬉しそうに笑って、買ったばかりの湯呑みに頬を寄せた。

それぞれが使う食器は私が選んだ。

蒼ちゃんの文様は麻の葉で、子供の成長と厄よけにいいとされる文様。

紫水様は青海波《せいかいは》。波の文様は平穏な暮らしを願うという意味がある。

「世梨さまの縦縞も可愛いですよね」

「これは十草《とくさ》というのよ。真っ直ぐに伸びる草の文様なの」

十草《とくさ》は天に向かって伸びる強い草。そんなふうに成長していきたいという思いから選んだ柄だった。

昼食はご飯と味噌汁、土筆《つくし》を甘辛く煮た佃煮、白魚《しらうお》の卵とじ。土筆《つくし》は近くの土手に生えていたのを摘んできた。

紫水様にとって、質素な食事かもしれないけれど、春の味を楽しんでもらいたいと思ったからだ。

「紫水様。お昼の用意ができましたけど、起きられますか？」

「ん……。今、起きる……」

徹夜明けの紫水様は茶の間に転がっていた。紫水様は郷戸から帰ってから、ずっと休まず仕事をしていて、お疲れのようだった。

「へぇ……。今日の昼は白魚《しらうお》か。春だな」

「そうですね。日本橋の魚河岸《うおがし》に白魚《しらうお》が卸される頃になると、おじいちゃんは必ず食べたいと言ったんですよ」

「あいつは贅沢だな。そういえば、日本橋の魚河岸《うおがし》は震災を機に場所を移すらしい」

「ええ。お店の人から聞きました」

白魚《しらうお》の卵とじを一口食べ、顔をほころばせた。

紫水様も祖父と同じで、白魚《しらうお》がお好きなようだった。

――作ってよかった。

蒼ちゃんは無心で食べ続けている。

紫水様はとても眠そうな顔をしながら、食事を口に運ぶ。あやかしであっても体は人と同じで、徹夜をすれば眠いし、疲れるものらしい。

「食後のお茶を淹れますね。紫水様。少し休まれますか？」

「そうする」

茶葉を少なめにし、いつもより薄めのお茶を出した。仕事を続けるようなら、目が冴えるようお茶は濃いめにするつもりだった。

「新茶か？　うまい」

「いいえ。まだです。これは去年のもので、もう少ししたら出回ると思います」

もうすぐ新茶の時期で、去年の茶葉を買うのはもったいない気がしたけれど、台所にも茶の間の茶簞笥《ちゃだんす》の中にも茶葉は見当たらなかった。

それに見つかったとしても、いつの茶葉なのかわからない……

「紫水さまっ！　見てくださいっ！　ぼくの湯呑みです」

「それ、何回目だ。耳が腐るほど聞いたぞ」

紫水様は座布団を枕にして横になった。

本業は蒐集家《しゅうしゅうか》を名乗っているけれど、水墨画家でもある紫水様。依頼は多いらしく、郷戸での滞在延長により、仕事の進行が大幅に遅れている。

帰ってきてから、まともに家の外に出ていなかった。

龍神であっても体は人間に近いようで、疲労は蓄積されるらしい。

寝転がった紫水様は、茶の間の片隅に置かれたスケッチブックに目を留めた。

「スケッチブック、使ってるのか」

「はい。家事の合間に描いています」

「じゃあ、見せ……」

「駄目です」

スケッチブックを紫水様から取り上げ、茶箪笥《ちゃだんす》の上に置くと、蒼ちゃんが走ってきて、茶箪笥《ちゃだんす》を防衛してくれた。

「おい、蒼。お前は俺の配下だろ？」

「ぼくは紫水さまの配下ですけど、世梨さまの味方ですっ！」

蒼ちゃんは気合いの入った顔で仁王立ちしていた。

「紫水様は水墨画家でしょう？　素人の絵なんて、お見せできません」

「あー、わかった。仕方ない。今は諦める」

今はという言葉がちょっと気になったけど、さすがの紫水様も体を張ってスケッチブックを守る蒼ちゃんから、無理矢理奪い、手に入れようとは思わなかったらしい。

「俺は徹夜続きで眠い。夕食まで寝る……」

「わかりました。庭を手入れしていますから、ご用があれば、呼んでください」

「ああ」

紫水様は欠伸《あくび》をひとつし、目を閉じた。

あっという間に眠った紫水様に羽織をかけ、蒼ちゃんと茶の間を出た。

もちろん、スケッチブックは持っていく。

「世梨さま。今日は庭にお花を植えるんですよね？」

「そう。昨日、朝顔用の花壇を作ったから、後は種を蒔《ま》くだけよ」

「ぼく、植えたいです！」

「じゃあ、蒼ちゃんに任せるわね」

「はいっ！　お任せくださいっ！　立派な朝顔に育ててみせます！」

使命感に燃える蒼ちゃんの小さな手のひらに、朝顔の種を載せ、植えるのを見守った。

朝顔を植えるのは、初めてらしく、黒い種を不思議そうに眺めていた。

蒼ちゃんが朝顔の種を土に埋めている間、私は玄関先の庭石に腰掛け、スケッチブックを手にした。

袂《たもと》に忍ばせてあった鉛筆を取り出し、道行く人をスケッチする。

「ワンピースに襟が付いているだけで印象が変わるのね。ウエストラインにベルトは定番だけど、白と紺の水玉模様の生地に白い襟がぴったり」

水玉模様のワンピースを着て歩いていったのは、百貨店のお化粧売場で働いている女性だった。

今日はお休みで恋人とデートらしい。

昨日の夕方、坂の下のお肉屋の前で見かけ、店の奥さんと話していたから、そんな情報を知っている。

そして、彼女がコロッケをおまけしてもらっているのを目撃してしまった。

「お豆腐屋さんで油揚げも。あれが大人の女性の魅力……」

スカートの裾を翻し、軽やかに歩く姿に羨望のまなざしを向ける。

なにを描いているのか絶対に見せられない理由は、素人だからというだけではなかった。

その一番の理由として、私がスケッチブックに描いているのは、素敵な洋服を着た女性だったから。着てみたい洋服を描いて、後からそれを眺めて楽しんでいるなんて、紫水様に知られたら恥ずかしすぎる。

私が洋服に憧れたきっかけは、少女向け雑誌に載っていた洋服の挿絵だった。

髪にリボンをつけ、木に寄りかかる少女が着ていたのは袖口が膨らんだブラウス。初めて見る形のブラウスだったけど、なんて可愛いのだろうと感動したのを覚えている。

それ以来、洋服への憧れは募るばかりで、洋服を作る知識も技術もない私は、絵を描いて楽しんでいた。

紫水様からいただいたスケッチブックは、私の煩悩の塊になっていて、とてもお見せできない。

「世梨さま、終わりました！」

蒼ちゃんが純粋なまなざしをこちらへ向け、褒めてほしいという顔をしている。

「ありがとう、蒼ちゃん。夏が楽しみね」

「はいっ！」

「次は縁側から見える庭に向日葵《ひまわり》を植えて……」

スケッチブックを閉じ、庭石から立ち上がった時、黒い学生服が目に入った。

黒い詰め襟の学生服、金ボタンの帝大生が門の前から私を見ている。

誰なのか、すぐにわかった。

――清睦兄さん。

私の表情が強張ったからか、蒼ちゃんは敵が来たと思ったらしく、バッと身構えた。

「世梨さま、もしや鴉ですかっ！」

「いいえ、兄が……清睦さんが来たみたいで……」

「世梨さまのご家族ですか？」

「ええ……」

蒼ちゃんが不思議そうな顔をし、首を傾げた。

私たちの雰囲気からいって、不思議に思われても無理もない。

お互い相手の出方をうかがい、兄妹なのに身内同士の親しさは微塵も感じられず、よそよそしい。

それに穏やかだった心は、まるで鉛のように重くなり、楽しいという気持ちが消えた。

「世梨。久しぶりだな。来たくなかったけど、父さんが結婚した世梨のところへ一度挨拶《あいさつ》に行けとうるさくてね」

「ご無沙汰しております……」

清睦さんは笑みを浮かべて、近づいてきた。

最後に会ったのは、祖母がまだ生きていた頃だ。あの時の清睦さんの用事がなんだったのか、祖父から教えてもらえなかったけれど、帰り際、私に『兄と呼ぶな』と冷たく言い捨て、去っていった記憶は今も忘れられない。

それ以来、私は兄さんと呼ばず、清睦さんと呼んでいる。

一緒に育ったわけでもないのに、なれなれしく兄と呼ばれるのが、不快だったのだろう。

「あの……。申し訳ありません。紫水様は仕事が終わったばかりで、お休み中なんです。なにかご用件があれば、私が承ります」

「いや、いいよ。挨拶《あいさつ》に伺ったと伝えてもらえたらそれで」

学帽から覗く清睦さんの目は冷ややかで、私に対する敵意を感じた。

手土産のカステラが入った風呂敷包みを私に手渡し、ふっと鼻先で笑った。

「なんだ。結局は女中が欲しかっただけか」

手土産を受け取る手が震えた。

蒼ちゃんに私の緊張感が伝わってはいけない――敵ではない、敵ではないのだから。

そう自分に言い聞かせ、平常心を保ちながら蒼ちゃんに言った。

「……蒼ちゃん。少し中で待ってもらってもいいかしら？」

「はい……。じゃあ、ぼく、玄関で待ってます」

蒼ちゃんはなにか言いたそうな顔で、私を見ていたけれど、それ以上追及せず素直にうなずいてくれた。

蒼ちゃんは玄関の戸を開け、私たちを見張るように待機する。

「ふーん。あの子供、白蛇か。人ではないね」

くすりと清睦さんが笑う。

どこからどう見ても蒼ちゃんは人の子供にしか見えないのに清睦さんは、一瞬で本性を見抜いた。

「どうして……？」

戸惑う私を清睦さんは呆れた目で見る。

「なにも知らないんだな。驚くことじゃない。玲花にもおかしな力があるように、俺にもあるってことだ。もっとも、俺にあるのは一瞬で本性を見抜ける目だけで、なんの役にも立たないけどね」

目——清睦さんは、あやかしか人か見抜ける目を持っているということだろうか。

玲花は死霊を見ることができ、言葉を聞けるけど、あやかしの本性は見抜けない。

「郷戸は古い家柄でね。昔は神社の管理をしていたようだけど、明治の時代にそれがなくなった。残ったのは、このおかしな力だけってわけだよ」

郷戸の話をする時、清睦さんは暗い目をした。跡取り息子として期待され、古い家柄に縛られる清睦さんにしかわからない苦しみがある。

「世梨は郷戸の元の名を知らないだろう?」

「元の名ですか……?」

「業を問う。それで、業問《ごうど》と呼ばれてきた。その名になんの意味があったんだろうね。父さんは力を持っていないし、あの通り俗物的な人間だよ。父さんの代で言い伝えられてきたものが途切れてしまった」

父は新しいものが好きで、周りから西洋かぶれと呼ばれるほどだった。

東京に洋館を建てたのも田舎の古い家を嫌ってのことだ。

「けどね、俺は父さんが悪いとは思ってないよ。こんな力は時代に合わない。持っていても生きづらくて面倒なだけだしね。あやかしでさえ、進化して生き方を変える時代だ」

「清睦さんはご存知なんですね。私が嫁いだ相手が人ではないと」

私を蔑《さげす》む目が――それは悪意に満ちていた。

清睦さんの目は私を傷つけようとする者の目だった。

「当たり前だ。まともな人間がお前のような娘を相手にするか」

遊び半分で私を傷つけた玲花とは違う。

清睦さんにあるのは、私に対する確かな憎悪だった。

「普通の男なら玲花を選ぶだろう。見た目も華やかで可愛らしく、愚かで扱いやすい。女学校も出ず、絵だけを描いていた変わり者の娘に、まともな嫁ぎ先があるか」

「絵はおばあちゃんやおじいちゃんの看病の合間に描いていたもので、学んでいたわけでは……」

最後まで、私は言葉を口にすることができなかった。

清睦さんの目があまりに冷たくて、それ以上言ってはいけない気がした。

「俺は世梨が嫌いだ。昔も今もね」

優しい笑顔なのに、清睦さんの目は笑っていない。

「母も玲花もお前を嫌いだよ。本宮の血を引く者は全員お前を嫌っている。なぜかわかるか？」

「わからない……です……」

清睦さんが怖くて、足が震えた。

「才能だよ。祖父がなぜ世梨を引き取ったかわかるか？　見込みがあるからだ」

私の手に持っていたスケッチブックを奪い、中を見て笑う。そして、スケッチブックを地面に叩きつけると、私が描いた絵を足で踏みつけた。

水玉模様のワンピースは歪み、泥がつき、紙は破れてしまった。

「や、やめて……」

「なんだ、これは。馬鹿にするのもいい加減にしろよ。お前は千秋の唯一の弟子のくせに、まさか跡を継がないつもりか？　育ててもらって期待を裏切り恥ずかしくないのか？」

裏切り者──清睦さんの声に重なって、怨霊となった祖父の声が聞こえてくる気がした。

声を出せない私を見て、清睦さんはさらに追い詰めていく。

「みんな、お前が嫌いなんだよ。世梨、お前は愛されない。誰からも」

残酷で美しい微笑を浮かべ、清睦さんは私が傷つくのを見て喜んでいた。

清睦さんは私と違って、生まれた時から郷戸で大切にされて育ち、家族からも使用人からも好かれている。

私と違い愛されている清睦さんが言うのだから、きっとそれは正しい――

「なんの話だ。俺の妻を傷つけないでもらおうか」

私の震える両肩を大きな手で支えたのは、背後から突然現れた紫水様だった。

「少なくとも、俺は世梨を嫌ってない。勝手な憶測で物を言うな」

紫水様の不機嫌な寝起きの顔は、清睦さんを怯《ひる》ませるほどの圧が、じゅうぶんすぎるほどあった。

「龍が世梨の夫だと……？」

清睦さんは驚き、紫水様をまじまじと見た。

私の目では、紫水様は人間の姿にしか見えず、清睦さんがなにを見ているかわからない。わかるのは、清睦さんの顔から笑みが消えたということだけだ。

「小僧。足をどかせ」

踏まれた私のスケッチブックを見た紫水様の声は怒りに満ちていた。

清睦さんが足をどかした瞬間、蒼ちゃんが駆け寄り、スケッチブックを拾い上げた。

蒼ちゃんは泥を払い、なんとか泥まみれの絵を元に戻そうとしてくれる。

でも、破れて汚れてしまった紙は元には戻らなかった。

蒼ちゃんは悲しい顔をして私のところまでスケッチブックを持ってきた。

「世梨さま、ごめんなさい。ぼく、言いつけもスケッチブックも守れませんでした。

世梨さまがすごく困ってるみたいだったから、紫水さまをお呼びしてしまいました」

「いいえ。蒼ちゃん、ありがとう。私のために紫水様を連れてきてくれて」

スケッチブックを受け取り、頭を撫でると、蒼ちゃんは褒めてもらったことが嬉しいのか、撫でられた頭に手を触れ、照れくさそうに微笑んだ。

優しい白蛇の男の子、蒼ちゃんは人に近づくため、少しずつ学んでいるところなのだ。どうしたらいいのか、人の気持ちを考えながら行動している。

清睦さんは馬鹿にしていたけど、馬鹿にしていい存在じゃない。

私は傷つくより、まず怒るべきだったのだ。

「まさか白蛇じゃなく、龍神に嫁ぐなんてね……」

「なんだ。蒼を馬鹿にしていたのか？　蒼をみくびるなよ。お前程度の力では蒼の足元にも及ばない」

紫水様の下駄が土と小石の混じる音を鳴らした。

清睦さんは本能的に危険だと感じとったのか、数歩後ろへ下がる。

「お前が世梨を貶《おとし》めるのは、ただの八つ当たりだ。千秋はお前に絵を止めろとは言わなかったはずだ」

「清睦さんが絵を……？」

絵を描いていたとは知らず、清睦さんが祖父に絵を見せに来たというのも初耳だった。

清睦さんは顔を赤くし、私を睨《にら》んだ。

「笑いたければ、笑えよ。俺は本宮の祖父のようになりたくて絵を描いていたんだ！」

初めて知った事実に、私は驚き、笑うどころかなにも言えなかった。

父は清睦さんを郷戸の跡継ぎに考えている。

郷戸の長男が画家になると言ったら、父は怒り狂い、絶対に許さないだろう。

父は清睦さんが帝大に入学するまでの間、何人も家庭教師を雇い、東京に別邸を建て、勉学を助けた。

それもすべて郷戸家の将来のため。

帝大に入学し、少しは自由になれたと清睦さんは思ったかもしれない。けれど、入学と同時に婚約者を決められ、学生生活から結婚まで父の管理下に置かれた。

卒業さえしてしまえば、出世は約束されている――そんな話を郷戸の家でも村の中でも耳にした。

「俺は父の言いなりで、なにひとつ自由がない。だから、祖父の元で自由に絵を描き、千秋の技を学んだお前が嫌いだ。千秋という天才に見込まれ、引き取られた妹を一度も可愛いと思ったことがない」

私はようやく理解した。

自分がなぜ、母からも清睦さんからも嫌われているのかということを。

本宮の叔父もそうだ。

清睦さんと同じ目をし、私を見ていたのに気がつかないふりをしていた。

最初から画家になるのを諦めていた叔父でさえ、私を疎ましいと思い、祖父の跡を継がずにいるのも不満で、母と同様に私を嫌った。

祖父が怨霊となって、私を責めていると思ったのは跡を継がなかった後ろめたさから。

でも、私は――

「清睦さんにも夢があるように、私にも夢があります」

「天才と呼ばれた祖父の跡を継ぐより大事な夢なのか？　どうせ、くだらない夢なんだろう？」

くだらないと言われて、スケッチブックをきつく握りしめた。

清睦さんにとって、祖父の跡を継ぐこと以外、他はどうでもいい夢なのだ。

もしかしたら、祖父を尊敬する紫水様も私の夢を否定するかもしれない。そう思ったら、私の夢がなんなのか口に出せなくなった。

清睦さんに軽蔑されて嫌われても、紫水様だけにはそんな目で見られたくなかった。

「千秋に引き取られたお前に俺の絶望感はわからないよ。絶対にね」

「そんなことありません。夢を諦める辛さは私にもわかります」

祖父が死になにもかも叔父夫婦に奪われ、郷戸の家へ戻った。その時、私の人生は一変し、住んでいた家も思い出の品もすべて失ったのだ。

清睦さんが知らないだけで、一度、私はすべてを諦めた。

文様を身に宿し、祖父母との思い出だけを支えにして生きていた。

紫水様に会うまでは。

「俺の夢はもう消えたよ。俺の絵を見た祖父……。いや、千秋は父の跡を継いだほうがいいと言った。俺の描いた絵は突き返され、二度と見なかった」

「それは、千秋なりの優しさだ。お前に厳しくしたのは、将来がないという意味じゃないぞ。千秋は絵を続けたいなら他の道もあると、お前に教えたはずだ」

「他の道に興味はない。千秋の弟子になることが、俺の目標だった。俺だけじゃない。母さんもそうだ。けど、千秋は俺も母さんも弟子にしなかった！」

「だが、才能がないと、千秋は言わなかっただろう？」

清睦さんは泣き笑いのような表情を浮かべた。

「俺が気づかないとでも思っているのか。祖父の仕事場にあった絵がすべて物語っている。俺の絵は返しても世梨の絵は飾ってあった。祖父は世梨だけを認めていたんだ」

身内の贔屓目《ひいきめ》で——とは、清睦さんに言えなかった。

祖父の仕事場にあった絵は、私が庭の花や祖父の下絵を真似た絵の数々だった。

自分が気に入れば、弟子をとると言っていた祖父。その祖父が気に入り飾ってあったということは、祖父が認めた者である証拠だったのだ。

「世梨。これでわかっただろう？　お前はこの先もずっと嫌われ者の裏切り者だ。跡を継ごうが継ぐまいが、本宮からも郷戸からも好かれることはない」

それは永遠に解かれることのない呪いの言葉だった。

きっとそう思っているのは清睦さんだけではない。

もしかしたら、死んだ祖父も同じ、私を裏切り者と言って——

「別にいいんじゃないか」

その言葉に驚き、私は紫水様の顔を仰ぎ見た。

「世梨は俺の妻だ。本宮にも郷戸にも戻らない。今、戻る必要がないと、はっきりした」

「そうですっ！　世梨さまのこと、ぼくは大好きですっ！」

「紫水様、蒼ちゃん……」

私を庇ってくれる人は祖父母の他に誰もいないと思っていた。

でも、今の私には紫水様と蒼ちゃんがいる。

「千秋に心酔しているようだが、あいつは残酷で自分勝手で酷い男だぞ。千秋なら、親から勘当されても平気な顔で絵をやっていたはずだ」

紫水様の言ったことは想像でもなんでもなく、千秋という人間を深く知る人なら、誰でも思うことだった。

祖父は絵の才能を見込まれ、日本画を始めたけれど、着物に興味を持ち、周囲がどんなに止めても耳を貸さず、着物作家になった。

もちろん、その話を清睦さんも知っている。

清睦さんは黙り込んだ。

「なぁ、小僧。俺も千秋に憧れた。だが、あいつと並ぶだけの才能を得られなかった。お前の気持ちはわかる。わかるが、誰かにその気持ちをぶつけようとは思わない」

そう言うと、紫水様は私のスケッチブックを奪い、どさくさに紛れて中身を見た。

紫水様も清睦さんのように『裏切り者』と怒るのではないかと心配していたけれど、怒らず、なるほどと言って私の手にスケッチブックを返した。

「千秋は美術学校に入学すれば、お前はそこそこの画家になると言っていただろう？」

清睦さんは拳を握りしめ、紫水様を睨《にら》みつけた。

「そこそこなど……俺はっ！」

「千秋の言葉は伝えた。小僧。もうここには来るな。千秋に免じて今日は見逃してやる。だが、次は無事に帰れると思うな」

「ならば、お前の正体をバラしてやる。人ではないとわかったら、お前だけでなく世梨も白い目で見られて……」

「そんなもの、握り潰されるだけですよっ……と！」

紫水様の怒りが頂点に達する寸前に、タイミングよく現れたのは陽文さんだった。

陽文さんは私の手から清睦さんが持ってきた手土産の風呂敷包みを奪う。ひょいっと持ち上げて手土産を清睦さんに返した。

そして、自分が持ってきた手土産を私に渡す。

「このカステラは……」

「ああ、わかる？　うちでしか取り扱ってないカステラだよ」

包まれた包装紙で気づいた。

これは美味しいと評判のお店のカステラで、三葉百貨店限定の特別なカステラ。一度食べてみたいと思っていたけれど、すぐに売り切れてしまうから、まだ口にしたことがなかった。

「僕の持ってきたカステラのほうが先生はお好きですので、そちらは持って帰ってくださいね」

ハンチング帽にジャケット、吊りズボンという軽装で現れた陽文さんは、どこか遊びに行ってきた帰りのようだった。

「狐……か……？」

「おや。よくわかりましたね。この中で、僕が一番人間の姿になって長い。見抜けないかと思いました」

陽文さんを送ってきた車が横付けされ、運転手さんが清睦さんを警戒するようにこちらを見ている。

あやかしの本性を見抜ける清睦さんが、陽文さんをただ者ではないと認識するのに時間はかからなかった。

「父が三葉財閥の当主も郷戸に訪れたと、騒いでいたが、まさか人間じゃないとは……」

「すでに我々は、この国の中枢に存在する。言いふらしたところで頭がおかしくなったと思われるのは、あなたのほうですよ」

陽文さんは笑いながら、清睦さんの肩をぽんぽんっと叩いた。

「これ以上、千後瀧先生の怒りを買わないほうが身のためです。先生は僕みたいに優しくないですよ？」

その笑顔は、清睦さんの微笑みの上を行く恐ろしさがあった。

完璧な笑顔と声で人のいい青年を装っていながら、中身は別物だ。

「骨すら残さず消されたくないでしょう？　さあ、どうぞお帰りはあちらですよ」

清睦さんは学帽をかぶり直し、私を睨《にら》みつけた。

「世梨。とんでもない連中と関わったな」

「とんでもないですか？」

紫水様、蒼ちゃん、陽文さん――人ではない彼らだけど、誰も私を傷つけなかった。

今なら、私は自分の気持ちをちゃんと言える気がした。

「いいえ。私にとって誰よりも優しくて親切な方々です」

この結婚が周囲を欺くための契約結婚だとしても構わない。

出会った時から、紫水様は私を守ろうとしてくれていた。私に力を使うなと教えたのも、郷戸から連れ出したのも紫水様だった。

「私は二度と郷戸へ戻りません。清睦さんが自分の道を歩めるよう願ってます」

初めて私は清睦さんの前で笑えた気がした。

私が傷つき、なにも言えなくなっていると思っていた清睦さんは動揺し、目を泳がせた。

「ふん。俺はお前が結婚したと聞いて安心した。二度と顔を見なくて済むからな。それを伝えに来ただけだ」

清睦さんはばつが悪そうな顔をして、私に言い捨てると早足に去っていった。

私が郷戸の家を確実に出たかどうか——その真偽をはっきりさせるために来たのだ。お祝いではなく、私が二度と自分に関わらないことを確認するために。

「清睦さんは私を憎んでいたんですね」

兄と呼ぶことを禁じて、当然の権利のように私を傷つけたのには理由があったのだ。

祖父の元へ養子に入り、絵を学びたかったのだと知った。絵を学びたかった清睦さんにとって、私の境遇は恵まれた環境に思えたはずだ。

清睦さんが去った方角をぼんやり眺めていると、紫水様が私の頭をぽんっと叩いた。

私は泣いていなかったけれど、紫水様は見えない涙をぬぐうようにして、頬に指を触れさせた。

「どうして紫水様は、私に怒らないんですか？」

「なぜ怒る？」

「私が祖父の跡を継いでいないと知って、紫水様は怒るか、がっかりすると思っていました」

「俺はあいつほど千秋に心酔していない。俺にはまだ憧れている存在がいるからな」

紫水様は悪い顔をしてにやりと笑った。

「祖父の他にですか？」

「ああ。お前もよく知っているはずだ」

「そんな有名な方が……?」

陶芸家、日本画、西洋画と祖父の友人たちの顔を思い浮かべる。私は真剣に考えていたけど、紫水様は教えてくれなかった。

紫水様の本業は蒐集家《しゅうしゅうか》。尊敬する人が大勢いるに違いない。

家の中にある蒐集《しゅうしゅう》品がそれを語っている気がした。

「世梨に新しいスケッチブックがいるな」

泥だらけになってしまったスケッチブックを見て、紫水様はとても残念そうな顔をした。

「せっかく紫水様からいただいたのに、申し訳ありません。それに、ラクガキのような中身で……」

「俺がスケッチブックをやったのは、お前の望みを知るためだ」

「私のしたいことですか?」

「そうだ。世梨、お前の洋服を仕立てよう」

その言葉を聞いて、泣きそうになった。

口に出して言えない私の願いを探るため、紫水様は私にスケッチブックを渡し、絵を描かせたのだ。

紫水様は私が描いた絵を見て、私の願いがわかった。

「……はい」

「泣くな」

ずっと私は言いたかった。

でも、言えなかった。

気づかないふりをしていたけど、祖父が私に自分の弟子として教えていると気づいていた。

けれど、本宮家の叔父夫婦は私が祖父の跡を継ぐことを拒んだ。私が本宮家を乗っ取るのではと疑われたのである。

郷戸に戻れば、私は女中扱いで自分の希望はなにひとつ通らなかった。

私の望みを知ろうとしてくれたのは紫水様だけ――

「泣くなというほうが無理です」

私が泣いて焦る紫水様の姿は人間味があって、あやかしには見えなかった。

「お前が泣くとどうしていいかわからない」

「すみません……」

陽文さんは私と紫水様のやりとりを眺め、笑いながら言った。

「世梨ちゃんは手足が長いから、きっと洋服が似合いますよ。洋服に合う靴やアクセサリーを揃えなくてはいけませんね。うちの百貨店へ行くのはどうでしょう？　買い物に付き合いますよ」

「世梨さまとお買い物、楽しみですっ！」

――ここは違う。

私の本当の気持ちを言っても許される。

そんな気がした。

「……私、洋服が好きなんです。着るだけじゃなく、洋裁をやりたいって、ずっと思っていました」

生まれて初めて私は自分の夢を誰かに語ることができた。

「いいと思うぞ」

私を受け入れてくれると知ったから――

＊　＊　＊　＊

台所の机の上には、洋服を着た少女が表紙の雑誌が広げられ、隣には白湯の入った十草《とくさ》模様の湯呑みが置かれている。

この雑誌は、私が洋服を好きだと知った陽文さんが持ってきてくれたものだった。

毎日、台所仕事の合間に少しずつページをめくるのが楽しみで、古い着物を洋服にする方法や少女小説が載っていて、とても面白かった。

そんな平穏な生活が続いた頃、紫水様の仕事がようやく落ち着いて、今日はみんなで三葉百貨店へでかけて、お買い物や食堂で食事をする予定になっていた。

「百貨店へでかけるのは、とても久しぶりだわ」

昔から百貨店が大好きだった私。それに今日、私たちが行くのは開店したばかりの新店舗である。

三葉百貨店の新店舗は西洋風のお洒落《しゃれ》で豪奢《ごうしゃ》な雰囲気で、一見の価値ありと、ご近所でも評判だった。

わくわくしすぎて、今日は朝早くに目が覚め、だいたいの家事を終えてしまった。

それで、白湯を飲みながら雑誌を広げていたのだけど、ジッとしていることができず、おやつを作って時間を潰すことにした。

私が作るのは、大豆の炒《い》り豆《まめ》。

掃除をしていたら、焙烙《ほうろく》を見つけたので、おやつに炒《い》り豆《まめ》を作ろうと、大豆を前もって買っておいた。

焙烙《ほうろく》は素焼きの土鍋で、銀杏《ぎんなん》や豆、お茶の葉を炒《い》るのに使える。

古くなったお茶の葉も炒《い》れば、香ばしいほうじ茶に変わる。

同じ茶葉とは思えない味わいの違いがあった。

昔、冬になると、仕事の合間に祖父が、火鉢の上でじっくり茶葉を炒《い》り、祖母がお湯を沸かしてお茶を淹れてくれた。

窓から見えるのは白い雪。熱いほうじ茶を飲みながら、庭に積もる雪を三人で眺めていた。

鍋の中を転がる丸い大豆を眺めながら、懐かしい光景を思い出し、自然に口の端が上がっていた。

「世梨さま。もしかして、炒《い》り豆《まめ》ですか？」

蒼ちゃんが茶の間の拭き掃除を終えて戻ってくると、台所にやってきて顔を覗かせた。

「そうよ。炒《い》り豆《まめ》を作っておけば、小腹が空いた時にいつでも食べられるでしょう？」

炒《い》り豆《まめ》を空いた缶に入れて保存しておけば、紫水様のお夜食、蒼ちゃんのおやつにちょうどいい。

炒《い》った豆を紙の上に広げると、豆は雨音に似た音を立て、台所を香ばしい匂いで満たした。

「はい。蒼ちゃん、どうぞ」

「えへへ、ありがとうございます。ほんのりあったかくて、美味しそうな匂いがします」

蒼ちゃんはポリッと炒《い》り豆《まめ》を噛み砕く。小さな手のひらに炒《い》り豆《まめ》を数粒載せて、嬉しそうな顔で一粒ずつ口にする。

「台所に熱がこもってしまったから、窓を開けるわね」

ガスコンロ前の窓を開けた。開けた窓から涼しい風が入ってくる。

台所の窓は亀甲硝子《がらす》。

硝子《がらす》に施された亀甲文《きっこうもん》は亀の甲羅のような文様で、六角形が並ぶ。

最近は模様なしの硝子《がらす》より、模様入りの硝子《がらす》が人気で、他に笹や雲、結晶などがある。

祖父の家にも結晶硝子《がらす》が使われていた。

でも、あの懐かしい家は、叔父夫婦の手に渡ったまま――

「世梨さま。紫水さまにもあげると、お喜びになりますよっ！」

割烹着の袖を引っ張られ、ハッと我に返った。

蒼ちゃんは目をキラキラさせて紙を広げ、紫水様のための炒《い》り豆《まめ》を入れられるように、用意をして待っている。

――そうだった。

あの場所は失ってしまったけれど、今の私には新しい居場所がある。

「そうね。紫水様も召し上がるかもしれないわ」

まだ熱い炒《い》り豆《まめ》を紙に包んで、紫水様の部屋の前へ行った。

「部屋にいない……？　どこへ行かれたのかしら？」

周囲を見回すと、玄関の戸が開いていて、紫水様がいるような気がしたので外へ出てみる。

思った通り、そこにはでかける準備を済ませ、洋服に着替えた紫水様が立っていた。

「紫水様、どうかなさいましたか？　まだでかけるには、早いと思うのですけど……」

「ああ。まだ早い。陽文が来るのは、もう少し先だ。今、千後瀧の本家から連絡がきて、少し話をしていた」

今日は陽文さんが家の前まで自動車で迎えに来てくれる約束になっていた。

でも、玄関前にいる自動車は陽文さんの自動車ではなく、千後瀧の本家のものだ。

光沢のある黒色の自動車が、家の前に横付けになり、千後瀧からの連絡役と思われる運転手さんが紫水様と向き合っていた。私と目が合うと、軽く頭を下げる。

以前、私と紫水様を東京駅から家まで送ってくれた運転手さんで、見覚えがあった。

まだ暑い季節ではないのに、運転手さんの額には汗が浮かんでいる。

「本日、当主には予定があると先方に伝えたのですが、どうしてもお会いしたいと言って譲らず……。力及ばず申し訳ありません」

可哀想なくらい運転手さんは怯え、緊張していた。

「客の用件は？」

「結婚の件についてと、伺っております」

「俺の結婚？　なにか問題でもあったか？」

「申し訳ありません。詳しいことは知らされておらず、これ以上お答えできません」

運転手さんの返答に紫水様は険しい表情を浮かべ、ため息をついた。

紫水様たちのやりとりも気になったけど、それ以上に気になったのは、紫水様の洋服姿だった。

今日のおでかけのために着たスーツがとても似合っている。

紫水様の洋服姿を見るのはこれが初めてだった。シュッとした体形だからか、立派なスーツに少しも負けてない。

いつもと違って前髪を上げ、シャツは糊《のり》がきいてパリッとしており、ジャケットの生地もしっかりしていた。

蒼ちゃんからの情報によれば、紫水様のスーツは英国のテーラーで仕立てた高級品なのだとか。

どんな生地なのか、手触りはどうなのか、とても気になった。

「……梨、世梨？　聞いてるか？」

「えっ！　な、なんでしょうか！」

すっかりスーツに心を奪われていた私は、話を聞くどころか、紫水様が呼ぶ声すら聞こえていなかったようだ。

「悪いが、俺は今から千後瀧の本家に行って、用事を済ます。昼までには合流できるようにするから、陽文にもそう伝えてくれ」

「わかりました」

一緒に行けないのは残念だけど、結婚の件と言っていたのが、私にも聞こえた。

私も関わりがある話で、千後瀧には一切相談なく結婚したから、呼び出されてもおかしくない。

「それで、世梨は俺になんの用だったんだ？」

「いえ。その……。おやつに炒《い》り豆《まめ》を作っていたのですけど……」

スーツ姿の紫水様は普段と違い、近寄りがたさを感じる。

そのせいか、素朴な炒《い》り豆《まめ》のおやつが似合わない気がした。

恥ずかしく感じ、そっと手の中に、炒《い》り豆《まめ》の包み紙を隠す。

「これは、俺のだろう？」

指の隙間から見えた包み紙は、すぐに見つかって、紫水様に笑われてしまった。

「あ、あの……。でも、帰ってから召し上がったほうが……」

紫水様は私の手から炒《い》り豆《まめ》の包み紙を取り上げた。

「炒《い》り豆《まめ》だな。まだ温かい」

「出来立てなんです」

「そうか。もらっていこう」

「紫水様、そろそろ……」

遠慮がちに運転手さんが声をかけてきた。

どれだけ恐ろしいのか、紫水様が視線を向けただけで、運転手さんが身を竦ませた。

「世梨。奥の部屋に着物を用意してある。それを着ていくといい」

「はい。ありがとうございます」

運転手さんが紫水様に気遣いながら、自動車のドアをそっと開けた。

「また後でな」

「いってらっしゃいませ」

「なにかあれば、俺を呼べよ」

私の右手のひらには、龍の文様がある。

破壊力を考えたら、気軽に使えるようなものではないけれど。守られていると思えば心強い。

紫水様を乗せた車が見えなくなり、ぎゅっと右手を握りしめた。

「あっ！　紫水さまに挨拶《あいさつ》できなかったぁ～！」

蒼ちゃんは炒《い》り豆《まめ》を食べながら飛び出してきた。

「蒼ちゃん。まだ炒《い》り豆《まめ》を食べてたの？　たくさん食べたら、お腹いっぱいになってしまうわ。お昼は百貨店の食堂で食事をする予定でしょう？」

「ううっ……。わかっていたんですけど、止まらなかったんですぅ……」

「じゃあ、あと少しだけ紙に包んであげるから、つまみ食いは終わりにしてね？」

「はーい！」

元気よく蒼ちゃんは返事をし、手を挙げた。

それと同時に、鴉の大きな鳴き声がひとつ。

なにかの合図だったのか、鴉の鳴き声がそこら中から聞こえてきた。

蒼ちゃんから、さっきまでの無邪気さが消え、空へ鋭い視線を向ける。

「紫水さまがいなくなったから、鴉たちが集まってきちゃったみたいですね」

空に墨汁を弾いたような黒い影がぽつぽつと現れ、それはどんどん大きくなり、目に見えて鴉たちが増え出した。

はばたく音が近くで聞こえ、ぎゅっと蒼ちゃんの肩を掴んだ。

「蒼ちゃん、家の中に入りましょう」

「世梨さま、ご心配なく。この程度の相手など、ぼくの敵ではありません。ぼく、馬鹿にされるの嫌いなんです」

蒼ちゃんは年に似つかわしくない大人びた顔して、にっこり微笑む。

私たちの話を聞いていたのか、鴉は一斉に激しい鳴き声を上げ仲間を呼び続けた。

逃げる間もなく、鴉たちは屋根や木の枝、隣家の塀にとまり、私たちをぐるりと取り囲んだ。退路を塞ぐと、鴉たちは次々に急降下し、蒼ちゃんに襲いかかった。

「蒼ちゃん！」

「世梨さま。どうぞ、ぼくの後ろへお下がりください」

どこから取り出したのか、小さな手に瑠璃玉を持っていた。その瑠璃玉は丸い形だけでなく、金平糖のような形のものから四角いものまで形は様々。

瑠璃玉が宙に浮く。

それを蒼ちゃんは自分の小さな爪で、おはじきをする要領で順番に弾いていく。

四角い瑠璃玉は鴉にぶつかる手前でピタリと止まると、鴉が入るほどの大きさに膨らんで箱となって鴉を閉じ込めた。

「どんどん行くよ！」

弾かれた他の瑠璃玉も同じように変化する。

金平糖の形をしたものは針のように棘《とげ》の部分を伸ばし、鴉を貫く。丸いものは数を増やして分散して鴉を撃ち落とした。

「命中っ！　世梨さまっ！　ぼくの活躍をご覧いただけましたか？」

「え、ええ……。強いのね、蒼ちゃん」

鴉たちが黒い羽根を散らして逃げ惑う中、蒼ちゃんは何事もなかったように、私のほうへ可愛らしい笑顔を向けた。

でも、そんな蒼ちゃんの背後はすごく殺伐としている。

「世梨さま。ここはぼくに任せて、おでかけのご用意を！　もうすぐ陽文さまがやってきます」

「そうね。支度をしないといけないけど……。あ、あの蒼ちゃん？　なるべく鴉を逃がしてあげてね？」

「承知ですっ！」

蒼ちゃんは軍人さんのように敬礼した。

無邪気で可愛いけど、容赦のなさは紫水様にそっくりだ。

鴉たちが逃げて数を減らすのを見届けてから、家の中へ入った。

紫水様が今日のおでかけのため、用意したという私の着物を探し、奥の部屋へ向かう。

鍵がかかっている部屋のひとつ手前の座敷に、昨日はなかった衣桁《いこう》が出されていた。

「この着物は……おじいちゃんたちと一緒に見た桜の花の着物……」

衣桁《いこう》には、郷戸の家で見た桜文《さくらもん》の着物がかかっていた。

薄紅色の桜の花びらは、思い出の桜そのままで――

『世梨。桜が咲く前に、これを着て友人の家に訪問するといい。少し早い桜を楽しめるだろう』

祖父の言葉を思い出す。

流水文《りゅうすいもん》、桜文《さくらもん》と文様を繋げたら、懐かしい祖父母との鮮明な思い出を頭に浮かべることができる。大切な思い出が残る着物――紫水様は約束を守ってくれた。

紫水様と一緒にいれば、いつでも祖父の着物を見られる。

もう文様を奪う必要はないのだ。

奥の部屋に春の柔らかな光が差し込み、着物を白く照らしていた。

久しぶりに袖を通した祖父の着物は、私の気持ちをしゃんとさせ、自然と顔が前を向く。

自信のない私を変えてくれる。

やっぱり、祖父の着物は違う。

「紫水様……。ありがとうございます」

ここに紫水様はいなかったけれど、右手のひらを見つめて、お礼を言った。

あのまま郷戸にいたら、間違いなく私は命を落としていただろう。

「この結婚がいつか終わる結婚だとしても、一緒にいられる時間を大事にしたい」

私を守り、大切にしてくれる紫水様の気持ちが伝わってくる。

蒼ちゃんと過ごすのも楽しい。

だから、それでいい——涙がひとしずく、龍文《りゅうもん》の上に落ちて消えた。

＊　＊　＊　＊　＊

「蒼ちゃん、おまたせ」

「わぁっ！　世梨さま、すごく綺麗ですっ！」

いつの間に着替えたのか、蒼ちゃんは水干《すいかん》姿から洋服姿になっていた。白のセーラーに紺色のリボン、帽子をかぶり、丈の短いズボンを穿いている。

紙にくるんだ炒《い》り豆《まめ》を大切そうに、ズボンのポケットに入れると、私のほうへ走ってきて手を繋いだ。

「蒼ちゃんもとても似合っているわ」

「この洋服は陽文さまからもらったもので、英国から輸入した子供の服だって言ってました！」

「外国の？　三葉百貨店は子供服に力を入れているっていう噂は本当なのね」

これから洋服の需要が伸びるだろうと言われていた。百貨店では子供の洋服を売り出し、売れ行きも好調なのだとか。

英国製の洋服をじっくり見たいところだったけど、その洋服より気になったのは、蒼ちゃんの周辺に倒れている大人たちだった。

「え、えーと。蒼ちゃん、この人たちは？」

「鴉が追加で遊びに来たんです。痺れさせて動けませんっ！　だから、近寄っても安心ですよっ」

「そ、そう……」

困ったことに、人の姿のまま道に転がっている鴉たちはとても目立っていた。そのうち警官が駆けつけてきそうな気がする。

どうしたらいいか悩んでいると――

「蒼。なにが安心なのかなぁ？」

得意顔で笑っている蒼ちゃんの背後に、この状況をなんとかしてくれそうな陽文さんがタイミングよく現れた。

私同様、惨状を目にした陽文さんに笑顔はなく、両腕を胸の前に組み、蒼ちゃんをじろりと睨《にら》んだ。

「ひゃっ！　陽文さまっ！」

さっきまで意気揚々としていた蒼ちゃんは、陽文さんの低い声にぴょんっと跳び上がった。

「蒼。やりすぎだよ。こんな大勢の人間が道端に倒れていたら不自然だろう？　僕は明日の新聞記事の見出しから記事の内容まで想像できたね」

「ぼく、がんばったのに……」

蒼ちゃんは泣きそうな顔をして、目に涙を浮かべた。

陽文さんはため息をつき、財布を取り出し、一緒に来た運転手さんに酒を買ってくるよう命じた。

今日は陽文さんの運転ではなく、運転手さん付きの自動車だった。

陽文さんはこの間着ていた吊りズボンやハンチング帽のような軽装ではなく、スーツを着ていた。紫水様と似た形のスーツでも色は紫水様より明るめの紺色で陽文さんの雰囲気にあっている。

運転手さんは陽文さんに命じられた通り、酒瓶を買って持ってくると、陽文さんに渡した。

陽文さんは酒瓶を道に転がる人たちの周りに並べる。

「こんなものかな？」

「陽文様、こちらのほうがよろしいかと思います」

運転手さんはそう言うと、倒れている人の手に酒の一升瓶を握らせ、衣服を乱して酔っぱらっているふうに見せかけた。

「確かにリアリティがあるね」

陽文さんと運転手さんは楽しそうだ。うまく工作してくれたおかげで違和感がなくなった。

「蒼。人の世で暮らすなら力を使う時はよく考えて使うんだ。ここにいたいならね」

泣き出しそうな顔で蒼ちゃんはうなずいた。

責任は私にもある。

蒼ちゃんをここに残したままにせず、一緒に家の中へ連れて入れば、こんなことにはならなかったはずだ。

「陽文さん。申し訳ありません。私がもっと気をつけていれば……」

「あ、世梨ちゃんは悪くないから謝らないで。あやかしである僕たちが人間とうまく暮らしていくために必要なことなんだ。人の世の常識を守らなきゃいけない。だから、蒼を叱っているんだよ」

陽文さんの言葉に、蒼ちゃんは首を縦に振った。

「ぼく、人に近づけるよう頑張ります。紫水さまや世梨さまと一緒にここで暮らしたいから」

「蒼ちゃん……」

ぎゅっと蒼ちゃんは、私の手を握りしめた。

「もしかして、世梨ちゃんが今日着ている着物は先生が持っていた千秋様の着物かな？」

「わかりますか？　紫水様が着ていくようにと、おっしゃってくださったんです」

嬉しくて、つい着物の袖を広げて陽文さんに自慢してしまった。

「うん。とても似合ってる。やっぱり、その着物は、世梨ちゃんが着るのが一番だね」

陽文さんが笑顔を浮かべて足を踏み出し、私に近づいた瞬間、突風が巻き起こった。

「うわっ！」

私と陽文さんの間に土ぼこりをあげながら、蒼ちゃんが横から割り込んできた。

「陽文さま、ぼくはどうですかっ！」

「……うん。蒼もよく似合ってるよ。世梨ちゃんをしっかり守っていて偉いね」

「はいっ！　陽文さまからも守れって、紫水さまから言われてますっ！」

蒼ちゃんは元気よく敬礼した。

セーラー服だからか、その姿は小さな水兵さんみたいだった。

「僕から守れって……？　いやだなぁ。先生にこんな尽くしているのに信用ないなって……先生、不在？」

「はい。急に千後瀧の本家に呼ばれてしまって。後から合流するとおっしゃっていました」

「あー。なるほどね……。うん、まあ……呼び出されるだろうなぁ」

なにか知っているのか、陽文さんは言葉を濁した。

「私のせいでしょうか？」

「千後瀧のことは、世梨ちゃんが心配することないよ。婚約者だって、手に入れたかった着物と引き換えに承諾した、形だけのものだったし」

「婚約者……？　紫水様に婚約者がいらっしゃったんですか？」

――初耳だった。

どういった着物なのかわからないけど、その着物と引き換えに婚約した話も聞いてない。

蒼ちゃんが、じろりと陽文さんを見る。

「えーと、誤解がないように言っておくけど、僕や先生のように一族の上に立つと、妻となる女性は自分で選べる。ただし、力を持つ女性に限るけどね。だから、先生の婚約は妻にしたいと思える女性が現れるまでの約束だったんだ」

つまり、紫水様や陽文さんは別格で、周囲の言いなりになるような弱い立場ではないということらしい。

紫水様が形だけとはいえ、婚約者を持ったのは着物が欲しかったから——私との結婚も祖父の着物のためだということを思い出し、胸が痛んだ。

「世梨ちゃん？　どうかした？」

「い、いえ……。それで、紫水様が手に入れたかった着物というのは、どんな着物だったんですか？」

「僕もそこまで詳しく知らないんだ。けど、先生はどうしても欲しかったらしくてね。前に結婚の話が出た時は本家の屋根を吹き飛ばしたけど、それを我慢したくらいだし」

「世梨さまをお連れする前の紫水さまはとっても怖かったです！　ぼくも怒らせないよう気をつけてました」

蒼ちゃんは両手の拳を握りしめ、強調した。

この家で紫水様と暮らしていた蒼ちゃんが言うのであれば、間違いないだろう。

「世梨ちゃんは先生と結婚したんだから、婚約者のことは気にしなくていいよ。あとは千後瀧家がなんとかするだろうしね」

私と紫水様の結婚が形だけであることを陽文さんは知らない。

作った笑みを浮かべ、黙ってうなずいた。

私とも形だけの結婚で、婚約者とも形だけ。

紫水様は優しい。

優しいけど、蒐集《しゅうしゅう》するのが目的で、祖父の着物を集め終わったら、私はここを出ていかなくてはならない。

――いずれ、私はまた孤独《ひとり》になる。

私が不安な顔をしていたからか、蒼ちゃんが私の手を強く握った。

「紫水さまが選んだのは、世梨さまですから！　ぼくが一緒に寝ようとしたら、紫水さまに殺されそうになったし……」

「さすがにそれは調子に乗りすぎてるなぁ。次にそれをやったら、僕も蒼をどうにかしないといけなくなるなー」

「じょ、冗談でした」

「そっか。じゃあ、僕の前で手を繋ぐのも禁止で」

陽文さんの周辺に青い炎が浮かぶのが見え、蒼ちゃんが慌てて手を離した。

「陽文さん。蒼ちゃんはまだ子供なんですから、手を繋ぐくらい……」

「子供？　蒼は人間の姿になってからの年数が短いだけで、中身は数百年ほど生きているあやかしなんだけど、それでも子供って言えるかな」

「えっ！」

蒼ちゃんは口を尖らせた。

「あー。言わないでほしかったのに！　陽文さまは意地悪ですっ！」

「先生の配下だから、悪さはできないけどね。配下は主に命じられたら、その命令に従うようになっている」

「紫水さまが強すぎるんですっ！」

頬を膨らませて抗議する蒼ちゃんは、どこからどうみても子供だった。

「人の姿を得て短いのは先生も同じで、僕よりずっと若い。それなのに配下は多いから危険だよね」

「配下って、自分から申し出るものではないんですね」

「支配だよ。強いものが支配する。従わせているんだ」

紫水様が蒼ちゃんを警戒しないのは、自分の支配下にあり、逆らえないことを知っているから――ということらしい。逆に陽文さんを警戒しているのは、自分の支配下にいないから。

人に似ているけど、やっぱり人ではない彼らだけの決まり事がそこにはあった。

「じゃあ、先生は後から来るだろうし。僕たちだけで、先に百貨店へ行こうか」

「わーい！　ぼく、食堂でアイスクリームを食べるんだっ！」

「蒼はアイスクリームに目がないなぁ」

子供ではないとわかってても蒼ちゃんは無邪気で、大はしゃぎする姿は人間の子供と同じで、見ていて微笑ましい。

私も子供の頃、百貨店へでかけるのが大好きで、蒼ちゃんのようにはしゃいだ。

祖父母と一緒に、私が百貨店へ行ったのは随分前のことだった。

お昼前に家を出て、天ぷら屋か鰻《うなぎ》屋に寄り、食事を済ませて、百貨店へ。

百貨店を巡り、買い物を済ませたら、祖父のお気に入りだったパーラーでアイスクリームを食べて帰宅する――それが定番の流れだった。

「お昼までに紫水様も間に合えばよろしいですね」

陽文さんと一緒に来た運転手さんが、自動車のドアを開けてくれた。

自動車へ乗る前に一瞬だけ紫水様が去った方角を眺めた。

この時、なぜか私はあんなに楽しみにしていた百貨店へ行くより、紫水様を追いかけたかった。

本当の妻でない私の立場でそれを口に出せるわけもなく――ドアが閉まり、紫水様が向かった方角と逆の方角へ、自動車は走り出したのだった。

＊　＊　＊　＊　＊

三葉百貨店――三葉財閥が経営する百貨店は富裕層向けの高級品だけでなく、珍しい商品を取り扱うことで有名だ。

国産品から輸入品まで、他にはない商品が手に入ると評判の百貨店で『お客様がちょっと変わったお品をお求めなら、三葉百貨店に足を運ぶべし』と言われている。だから、色々な百貨店がある中から、わざわざ三葉百貨店を選ぶ人も多い。

でも、私が三葉百貨店の名前で思い浮かぶのは、葛の葉のモチーフだった。

三葉財閥が関係する建物には、必ず葛の葉の文様がどこかにある。西洋風にアレンジした葛の葉や花のデザインが、ドアの取手部分の真鍮《しんちゅう》やエントランスの大きな柱、壁の上部にもさりげなく施されている。

ここまで、葛の葉にこだわるのは、御三家の家紋が、三枚の葛の葉であることに関係していると思われる。

三葉財閥は上葉、葉山、葉瀬の御三家からなり、その御三家を総じて『三葉』と呼ぶ。

江戸以前は御用商人として活躍し、少し前までは絹織物業や呉服商などを営んでいた。時代に合わせて、名を変え、商いを替え、富を築いていく強かな豪商一族。

そして、時代は明治に移り、時代の変化に対応するべく、いち早く海外へ渡り、貿易から炭鉱、銀行と手を広げ、今では財閥と呼ばれるまでになった。

その一族を統括しているのが、三葉の当主であり、現在の当主は御三家のひとつ葉

「世梨ちゃん。化粧品売場はよかった？　この機会にどんどん買おう。先生は蒐集《しゅうしゅう》家《か》を名乗っているけど、自分の興味のない物には無頓着だからね」

陽文さんは紫水様のことを把握しすぎているくらい把握していて、すごい家の当主というより、紫水様を追いかける財閥のお坊ちゃま……

それに、偉い人とは思えないくらい気が利く。

一般的な女性は化粧品に興味があると思ったから、勧めてくれたのだろうけれど、私は化粧品というより、化粧品売場に興味があった。

美しい瓶や缶、箱に入った化粧品のパッケージ。これらは新しいデザインが多く、どこも女性に手に取ってもらおうと力を入れているからか、斬新で華やかなものが多い。

たくさんの色が並んでいるのも楽しくて、うっとりとショーケースの中を眺めた。

「いらっしゃいませ」

「ようこそおいでくださいました」

店員たちは陽文さんがやってくることを知っていたのか、それぞれの売場前で出迎えた。

さらに背広姿の男性がずらりと並び、大名行列のようについてこようとする。

「今日は普通に買い物を楽しむ日だから、仰々しいのはちょっとね」

そう言うと、陽文さんは視線だけを彼らに向けた。

たったそれだけで、陽文さんの意図するところを察したらしく、ついてこなくなった。その代わり、案内役として、よい香りがする女性店員が一人そばにつく。

「本日はどのようなものをお求めですか？」

案内役の女性店員はベテランらしく、今日買い物するのが陽文さんでなく、私と蒼ちゃんだと判断し、完璧な笑顔を見せた。

紺色の布地に白の襟とライン入り、紺のウエストベルトとヒールがある靴、髪はウェーブがかかっていて、とてもお洒落《しゃれ》だった。

――わぁ……。これが本物の職業婦人なのね。

私がうっとり眺めて、なにも言えずにいると、陽文さんは笑った。

「僕が案内するから、みんなは普通に仕事をしていてくれるかな。用があれば呼ぶよ」

「かしこまりました」

店員が離れた後も、私たちに向ける視線を多く感じた。

「世梨ちゃん、ごめんね。僕が女性と来たっていうだけで、みんな落ち着かないんだ」

「むぅ。陽文さま。世梨さまは紫水さまのお嫁さまですよ。ちゃんと一族に言うべきですっ」

「うん。わかってるよ。でも、まだ正式に嫁取りが完了したわけじゃないしね」

人の世の結婚式とあやかしたちの結婚式は違う。異界で式を挙げてない私と紫水様は正式な夫婦として認められていなかった。

わかっていて結婚したのに、なぜか胸が苦しくて、うまく笑顔が作れなかった。

「先生はしばらく仕事が忙しかったからね。落ち着いたら向こうで式を挙げるつもりでいるよ。けど、それまでは世梨ちゃんを奥様と呼ばなくていいはずだ」

色素の薄い茶色の瞳を細め、陽文さんが言った。

蒼ちゃんは不満そうな顔をして、頬を膨らませた。

子供の姿だけど、蒼ちゃんは白蛇のあやかしで、すでにその実力を目にしている。

ここで暴れては大変なことになる。

「蒼ちゃん。せっかくの百貨店だから、ケンカしないで仲良く一緒に見て回りましょう？」

「はいっ！　世梨さま！」

手を繋ぐと、蒼ちゃんは機嫌がよくなり、陽文さんも緊張を解いた。

なんだか紫水様がいないと、うまく均衡がとれない気がする。

「陽文さん。新しい三葉百貨店はすごく立派ですね」

「他の百貨店との競争だからね。負けられないよ」

震災以降、コンクリート造りの建物が増えている。

洋服を着る人も増え、百貨店内でも子供服が売り出され、以前よりずっと気軽に買えるようになった。

子供服を買い求める層のお客様を目的にしているのか、家族連れを意識した食堂や屋上庭園、エレベーターが設置されている。

入ってすぐのエントランス中央は、吹き抜けになっていて、天井は丸みを帯びたドーム型。天井のステンドグラスはアールヌーボー様式で、リボンのような曲線に、百合やスズラン、スミレ、薔薇《ばら》の花をデザインしたものになっている。

外からの光を受けてステンドグラスが輝きを放ち、ずっと眺めていられるくらい綺麗だった。

百貨店にやってきたんだという特別感をしっかり味わえる。

「外国の百貨店に来ているみたいで、なんだかとても贅沢な感じがします」

「そう言ってもらえると嬉しいよ。この店はね、パリの百貨店を真似たんだ」

エレベーターに乗り、小物売場へ行く。

洋服のほうは、家に来た洋裁店の方がすでに採寸し、出来上がりを待つだけになっていた。

そうなると、洋服に合わせた靴とバッグも必要になる。頼めば、百貨店の店員さんが頃合いの商品を持って、家まで来てくれると言われたけど、百貨店へ行って商品を選ぶほうが楽しい。

新しくなった百貨店を見たかったし、働く女性の制服が洋服になっていると聞いたから、どんな制服を着ているのか、絶対に見に行きたいと思っていたのだ。

そして、蒼ちゃんは食堂のアイスクリーム目当てで、私たちが『絶対、百貨店！』と熱望する様子に負けた紫水様は仕事が終わったらと言ってくれたのだった。

「制服は全員、洋服を着ているんですね」

「西洋の建物に着物の店員がいると、雰囲気が台無しになってしまうからね。世梨ちゃん、なにか気になる商品はない？　洋服に合う小物を探さないと、まだ一個も買ってないよ」

「あっ！　すみません。つい……」

「これなんてどうかな。フランスから取り寄せた真珠のネックレス。ワンピースに似合うと思うよ」

陽文さんは私に似合いそうなものを身繕い、真珠の長いネックレスを見せた。

「高価すぎます！」

「世梨ちゃんは先生の妻だよね？」

——もしかして、疑われている？

陽文さんくらいになると、私と紫水様が夫婦を演じているのが、雰囲気でわかってしまうのかもしれない。

なにを言われるか想像できず、落ち着かない気持ちでいると、思っていたことを言われた。

「世梨ちゃんは千後瀧当主の奥様なんだから、お金のことは気にせず、立場に見合ったものを身につけるべきだと思うよ」

「そ、そうですか？　高価なものはどうしても気後れしてしまって……」

疑われていたわけではなかったようで、装いの話をされ、ホッと胸を撫でおろした。

「高価なものを小さい頃から見てきているはずだけどな。千秋様の着物は一流品だし」

「そういえば、そうですね……」

引き取られたばかりの頃、祖父は私を見て、新しい図案をどんどん考え、何枚も作ってくれた。

可愛い着物を私に着せたいと張り切って、私の着物ばかり手掛け、見るにみかねた祖母が、祖父を叱って仕事をさせたということがあった。

「私、おじいちゃんの着物が身近にありすぎて、当たり前になっていたんですね」

「いいことだよ。物の真贋《しんがん》を見極められる力がつく」

陽文さんは私の首に真珠のネックレスをつけてくれた。

「ひとつ自分が特別だと思うなにかを身につけていれば、自信がつくよ。ちょっとやそっとじゃ動じなくなる」

「お守りみたいですね」

「そうだよ。身につけるもので人は変わる。だから、いい品を身につけることをおすすめするよ」

ウインクした陽文さんは、ブローチや帯留めなども取り出してきた。

それも私が気に入りそうな、繊細な作りのものをいくつか並べた。

商売上手で、さすが三葉の当主だけある。

「こちらのブローチはフランスから取り寄せた銀製のものです。こちらをお手持ちのバッグや着物につけても雰囲気がガラリと変わりますよ」

すかさず女性店員が、真珠のネックレスと揃いで使えそうなブローチを出してくる。

「無地のワンピースの襟や胸元でも映えます」

それは使い勝手がいいかもしれない。

私がブローチを手にしたのを見て、陽文さんが言った。

「こちら、お買い上げで」

「えっ！　ま、まだ、私、心を決めてません！」

「これは僕からのプレゼントって……蒼。冗談だよ、冗談」

「本日、世梨さまが買う商品は、紫水さまがぜんぶ払うって言ってました。陽文さまは女の人を口説くのにお金を使って危ないからって」

蒼ちゃんの冷ややかな視線と紫水様の根回しのよさに、陽文さんは苦笑した。

「わかったよ。じゃあ、これは先生の支払いにツケておくかな。包装して先生のところに届けて」

「かしこまりました」

女性店員が買ったものを包んでくれる。

小物売場は人気で、女性客が目をキラキラさせてガラスケースを覗き込んでいた。

百貨店で買い物するお客様は洋服姿でなくても着物を今風に着こなし、お洒落《しゃれ》な女性が多い。

私の目の端に軽やかなスカートの裾が見え、そちらに目をやった。その瞬間、私の顔から笑みが消えた。

そこにいたのは——

「あら、世梨も買い物に来てたのね」

少女小説の挿絵から抜け出たような洋服姿の玲花と、その隣には背広姿の継山さんがいた。

玲花は広い鍔《つば》付きの帽子をかぶり、ストライプ柄のワンピースにヒールのある靴を履き、最新のもので身を固めていた。

薄くお化粧をした玲花は美しい。美しいはずなのに、どことなく暗い陰を纏い、年相応の健康的な可愛らしさがあった玲花ではなくなっていた。

継山さんは以前と変わらず、垢抜けた服装をしていて白いシャツにジャケット、胸元にハンカチをちらりと覗かせている。

玲花と並ぶと、お洒落《しゃれ》な恋人同士に見えた。

「世梨さん。お買い物ですか？」

私の前に再び現れた玲花と継山さんに戸惑い、すぐに返事ができなかった。

突然、二人と出会ったから驚いて口が利けなかったというだけではない。玲花の周りには私にでもわかるほど、禍々しい空気が漂っていたせいだ。

『死臭がする』

いないはずの紫水様の声が聞こえたような気がした。

玲花は紫水様から危険だと言われても、平気な顔でまだ死霊を従えている。

——このままじゃ玲花が危ないわ。

一緒にいる継山さんは玲花が危ないとわかっているはずなのに、どうして止めてくれないのだろうか。

「あれ？　世梨ちゃんだけじゃなく僕もいるけど、目に入らなかったのかな？」

継山さんは馬鹿にするような目つきで陽文さんを一瞥し、鼻先で笑い飛ばした。

「ああ、龍に媚びへつらう狐の当主ですか。狡猾《こうかつ》に生きてきただけあると、噂されているのを知ってますか？」

「心外だな。僕は媚びているんじゃなくて、純粋に先生を尊敬しているだけなんだけど。先生が描かれる水墨画は本当に素晴らしいんですよ」

陽文さんは怒らなかった。

そんなふうに言われると、わかっていて紫水様といるからか、怒らずに笑っていた。

「鴉の一族は、先生の寛大な心に感謝するべきだよ？　先生が本気で鴉と戦っていたら、今ごろ龍の配下になっていただろうからね」

「ぼくもそう思いますっ！」

蒼ちゃんはうなずいた。

「白蛇はやすやす下ったようですが？」

「紫水さま強いしー。ぼく、子供だしぃ」

蒼ちゃんのその態度に継山さんだけでなく、陽文さんまでもが、蒼ちゃんに冷たい視線を向けた。

「それで、鴉は世梨ちゃんを諦めて、そっちのお嬢さんと結婚するのかな？」

「まさか。諦めていませんよ。自分の妻は世梨さんだけと、決めていますからね」

継山さんの返事に、蒼ちゃんがすばやく反応し、バッと前に飛び出して両手を広げる。

蒼ちゃんの瞳の色が青墨《あおずみ》色から青色に近づき、戦おうとしているのがわかった。それを止めたのは陽文さんだった。

「蒼。ここでは騒ぎを起こさないように。三葉百貨店に来店するお客様は、特別な買い物をする方が多い。お客様の楽しみを奪ってはいけない」

家具を選ぶ結婚したばかりの若い夫婦、よそゆきの子供服を探す奥様、ネクタイピンを選ぶ老紳士――彼らは普段と少し違う特別な物を求めて来店している。

店内の雰囲気を壊し、水を差すような真似をしたくないと、陽文さんは考えているようだった。

「あやかしの力が見られると思って、すごく楽しみにしてたのに戦わないの？　つまらないわ。どうやって戦わずに世梨を守るつもりかしら？　馬鹿にされても平気そうだし、本当は弱いんじゃないの？」

「安っぽい挑発ですね」

陽文さんは笑ってかわす。

挑発に乗らなかった陽文さんを馬鹿にし、玲花は従えた死霊たちを自慢げに見せつけた。

その禍々しい霊はもはや死霊と呼べず、巨大な怨霊と化していた。死霊が見えない私にもその影を目にすることができるなら、他の人にも見える恐れがある。

──怨霊。あの中に祖父もいるのだろうか。

いないと思いたい。けど、死んだ祖父に玲花がなにをするかわからなかった。

死霊たちは物悲しい声を上げ、蒼ちゃんは耳を塞ぐ仕草をし、陽文さんは不快そうに眉を顰《ひそ》めた。

「一流の物を身につけていたとしても品性の無さは隠せないな」

「なんですって！」

争いになる──そう思った瞬間、陽文さんの手から白い炎が現れた。

白い炎は揺らめき、私と陽文さん、蒼ちゃんに重なって分身を作り出し、体から離れて前へ出る。

「時は金なり。僕はね、暇潰しにもならない遊びはやらない主義なんだ」

玲花たちと私たちの分身がいる世界を隔てるように、透明な幕が下りていく。幕は向こう側とこちら側を分断し、私たちの姿を隠した。

けれど、玲花と継山さんは白い炎で作った分身を偽者だと気づかず、会話を続けている。

金色に染まった陽文さんの瞳。穏やかに微笑んでいるのに、その雰囲気は人と呼ぶにはほど遠く、人形のように冷たく感じた。

陽文さんが指をパチンと鳴らすと、幾重にも幕が重なり、玲花たちの姿はやがて見えなくなった。

「世梨ちゃん、蒼。行こうか」

陽文さんはいつもの優しい顔に戻り、笑顔をこちらへ向けた。見慣れた笑顔を目にして、緊張を解いた。

「陽文さん。あれは幻影ですか？」

「そうだよ。しばらく、気づかずに話しているんじゃないかな」

これなら、店内の雰囲気を壊すことなく、他のお客様も買い物を楽しめる。

「若いあやかしたちは、力ばかりを見せつけたがるから困る。人の世に溶け込もうというのなら、人間が決めたルールに従わなくてはならないんだよ。蒼。ちゃんと心得ておくように」

「う……。わかりました……」

人の姿になって長いからか、陽文さんには余裕がある。

「それじゃあ、食堂へ行って美味しいものを食べようか。そのうち、先生が合流するだろうしね」

「賛成ですっ！」

「はい」

食堂は屋上から数えて、ひとつ下の階にあった。

広いフロアに丸いテーブルがいくつも並び、臙脂《えんじ》色の制服にエプロンをつけた女給さんが立っている。

焦げ茶色の大きな木製扉には、薔薇《ばら》と蝶のステンドグラスがはめ込まれ、扉上部にもアーチ形をしたステンドグラスがあった。

美しい扉が、お客様を出迎えたかと思うと、食堂内の天井に豪奢《ごうしゃ》な硝子《がらす》製のシャンデリアが吊るされているのが目に入る。

そして、テーブルに置かれているのは、モダンなデザインのメニュー表。花の絵柄はアールヌーボー調で、まるで高級な洋食屋を訪れた時のような気持ちになった。

そんな大食堂は人気で、お昼前だというのに、すでに大勢の人で賑わっている。

「裏の個室でも食べられるけど、どうする？　僕は世梨ちゃんと蒼に合わせるよ」

「ここで食べたいです！」

「ぼくもっ！」

私と蒼ちゃんは張り切って大食堂を選択した。

「わかったよ」

陽文さんが女給さんに目配せすると、窓際に席を作ってくれた。

大きな硝子窓《がらすまど》から見える展望も素晴らしく、近くの席に座った子供が椅子から立ち上がり、自分の家がどこか探して両親を困らせている。

蒼ちゃんと私も、つい探してしまったことは言うまでもない。

それくらい素晴らしい眺めだった。

食堂にはコーヒーやソーダ水、あんみつ、ライスカレーなど子供から大人まで喜ぶメニューが用意されていた。

陽文さんはコーヒー、私と蒼ちゃんはアイスクリームを注文した。

私と蒼ちゃんは、ひんやり冷やされた器に盛られたアイスクリームを口にする。

「世梨さま。アイスクリームは甘くて冷たくて、とっても美味しいですねっ！」

「ええ。アイスクリームを食べると特別な感じがするわ」

最近では、レモンやチョコレート味のアイスクリームが発売されたとか。

いつか食べてみたいと思いながら、食堂を見渡すと、アイスクリームは大人から子供まで人気のメニューらしく、よく売れていた。

「あっ！」

アイスクリームをゆっくり味わっていた蒼ちゃんは、ズボンにアイスクリームを落としてしまった。

しょんぼりする蒼ちゃんのズボンをハンカチで拭いた。

「大丈夫。ズボンは家に帰ってから、すぐに洗いましょう」

「ごめんなさい……」

「蒼はアイスクリームを大事に食べすぎだよ。ゆっくり食べたら、溶けるに決まってる」

「う……。味わって食べたいくらいアイスクリームは美味しいんですよ」

昔を思い出し、くすりと笑った。

私には蒼ちゃんの気持ちがよくわかる。アイスクリームを初めて食べた時、感動するくらい美味しくて、少しずつ大切に食べた。

でも、それはすぐに後悔することになった。

どろどろになって、溶けてしまったアイスクリームは皿の上に広がって、温くなり、美味しくなくなってしまったのだ。

細かい氷の粒を纏わせた白い山。なかなかスプーンが入らないアイスクリームのほうが美味しいとわかり、それからは溶け切ってしまう前に食べることにしている。

「それなら、二個食べれば？」

蒼ちゃんは唇を尖らせた。

「紫水さまから、アイスクリームは一日一個までって命じられてますっ！　ぼくは紫水さまの配下ですから、ご命令には逆らえません」

「それ、命令？　まぁ、お腹を壊すからね……」

陽文さんは首を傾げていたけど、蒼ちゃんは命令を守るのが義務とばかりに、溶けたアイスクリームを名残惜しそうに眺めていた。

「私、ハンカチを洗ってきます」

「ついていこうか？」

「いえ、階段を降りてすぐの場所ですから、大丈夫です」

私は食堂を出て、階段を降りた文具売場近くのお手洗いへ行く。

そこには母親に手を引かれた子供や女学生が多くいて、風呂敷やバッグの隙間から三葉百貨店の包装紙が見えた。

各百貨店が独自の包装紙を使い、三葉百貨店の包装紙は葛の葉に紫の花。水彩の淡く上品な絵柄が特徴的だ。

百貨店の包装紙はどこも趣向を凝らしたデザインで捨てるには惜しく、祖母が綺麗に畳んで仕舞い、封筒や小物入れに使っていたのを思い出す。

――祖父の家にあったものは、どうなったんだろう。

叔父夫婦にとって、ゴミのようなものかもしれないけれど、私にとってはひとつひとつが祖父母との思い出の品だった。

祖父母と暮らした家を思い出して泣きそうになり、慌てて俯いてハンカチを洗った。他の客におかしく思われないよう洗い終えると、すぐ外に出た。

紫水様と出会ってから、孤独感が薄れた気がしていたけれど、完全に忘れたわけではなかった。

「そういえば、そろそろ紫水様も来る頃よね……」

店内のところどころで目にする壁掛け時計を見ると、お昼までにはまだ早い時間だった。

気にしないでおこうと思っていたのに、やっぱり気になる。

蒼ちゃんから聞いた話によると、紫水様は結婚話に怒って本家の屋根を破壊したという。そんな紫水様が、欲しいものを手に入れるためだったとはいえ婚約するなんて、それほど嫌な相手ではなかったのかもしれない。

紫水様が蒐集《しゅうしゅう》できていない祖父の着物はまだ何枚もある。

「紫水様はおじいちゃんに憧れて、人の世界へ来たんだから……」

着物を優先して当たり前――私はそれを承知で結婚した。なのに、どうして今さら、紫水様に祖父の着物を優先してほしくないと思うのか。

「しっかりしなきゃ……。これは私と紫水様の契約なんだから……」

ため息をつき、洗ったハンカチを巾着に仕舞い、食堂に戻る通路を歩く。

食堂まであと少しというところで、私の行く手をふたつの影が阻んだ。

「一人になるのを待っておった」

「狐は勘がよくて困るのぅ」

「あなたたちは……？」

明らかに怪しい二人組の書生が現れた。

二人の書生は私を知っているようで、お互い目配せをし、手で合図する。

私を逃がさないためか、二人のうち一人が退路を塞いでから、私に話しかけた。

「目障りな龍もいないようじゃ」

「これで、我ら鴉の一族も安泰。当主がようやく嫁を迎えることができる。めでたいことよ」

会話から、この二人は人間ではなく、鴉の一族であることがわかった。

人の姿でありながら、どこか人と違う。

「声を出しますよ……！」

私が鋭い声で強く言うと、鴉たちが笑った。

こだまする笑い声は鴉が仲間を呼ぶ声に、どこか似ていた。

「我らが当主は賢いのぅ」

「おとなしくついてこないだろうから、脅せとおっしゃられたのは本当だったようじゃ」

「私を脅す？」

なにをするのかと思っていたら、風呂敷包みとハサミを私に見せた。

「それはなに……？」

——嫌な予感がする。

郷戸の家で、私が文様を使うところを見ていた鴉たちは、私が大切にしているものを知っている。

「千秋の着物じゃ！」

「どうだ。美しかろう！」

風呂敷の結び目をほどいて広げられた着物は、祖父が私のために作った一枚——私の花嫁衣装だった。

華やかな赤の打掛には、祖父の私への想いが込められていた。

嫁ぎ先が幸せな場所であるように大輪の牡丹《ぼたん》で願い、祝う気持ちは瑞雲《ずいうん》で表現し、私の成長を蝶で喜ぶ。

そして、結婚相手と離れることなく永久に連れ添うようにと、二羽の鶴が舞う。

文様が亡くなった祖父の気持ちを私に伝えてくれる。

「おじいちゃん……」

この打掛を得意げな顔で祖母に見せる祖父と、『まだ早いわよ』と笑う祖母の顔が目に浮かぶ。

──私は祖父の着物の文様を奪ったけど、この打掛の文様だけは、どうしても奪えなかった。

祖父が私に伝えたかった言葉をそのまま残したかったから。

そして、この見事な打掛の文様を奪う勇気が出ず、売られていく日、私は最後までこの打掛を眺めていたのを思い出す。

祖父の着物作家としての誇りと私への愛情が詰まった渾身の作だった。

「この着物を傷つけられたくないのであれば、我々と来るのじゃ！」

打掛の価値を知らない鴉たちはハサミを動かす嫌な音を鳴らし、私を脅した。

「やめて！　この打掛が完成するまで、どれだけ大変か、あなたたちにわかるの⁉」

私が怒っても鴉たちは笑うだけ。人間の娘が、自分たちに敵うわけがないと侮っているのだ。

紫水様の龍文《りゅうもん》を使えば、なんとかなるかもしれない。

けれど、百貨店の中で騒ぎを起こすのはまずい。

龍文《りゅうもん》の威力がどれだけあるのか、わからない。

「わかりました……。あなたたちと一緒に行きます。だから、ハサミを仕舞ってください」

打掛を守り、店内を混乱させないために、私は鴉たちと一緒に行くことを選んだ。

逃げ出す機会は必ずあると信じて——

＊＊＊＊

龍の一族、千後瀧家。

村ひとつ分ほどの土地を所有しているが、ここは地図に記されない土地である。

明治になって時代の流れに逆らえず、外へ出ることになってしまった。だが、外とまったく関わっていなかったわけではない。

外に用意された千後瀧の拠点はいくつもある。本来なら、そこで外の客を迎える。

だが、今日の客はわざわざ千後瀧と特別な関係であることを示すために、こちらへ訪れたのだ。

——千後瀧本家の場所を知る者は少ない。

大正に時代が変わった今もなお、我々が本家と呼ぶのは、この隠里である。

本家の下に広がる土地に住むあやかしたち。彼らは昔から人となんら変わりない生活を送っていた。

各家の庭は美しく手入れされ、本家に向かう道沿いには味噌屋と醤油屋、酒蔵と多様な店が並ぶ。整備された道と瓦屋根の街並み、湧き水が流れる用水路は土地を巡り、農業と生活用水に使われ、雰囲気は城下町に近い。

その町を見下ろすのは、小高い山の上にある千後瀧本家の屋敷だ。そこへ辿り着くまで、急な坂道が続く。

昔の名残である土塁と石垣を通り過ぎて辿り着くのは千後瀧本家の屋敷群だ。

「どうぞ。当主」

運転手が先に自動車から降り、後部座席のドアを開けた。

庭と呼ぶには、あまりに広すぎる敷地内に、屋敷が多数建てられている。

本家の敷地には、配下である一族の当主たちが住む屋敷が並ぶ。

白蛇の一族、一ノ川の屋敷は本家のすぐ隣に屋敷を構えている。

配下になって古い者ほど、本家の屋敷と近いのだ。

千後瀧の当主は一族だけでなく、従えた配下を守る義務がある。

――俺は当主になるつもりはなかった。

俺が人の世に出たいと思ったのは、自分に形がなければ、掴めないものがあると知ったからだ。

その執着心を得たことで、神ではなくなった。

しかし、人でもない。

ゆえに、あやかしと呼ばれる。

人に近くなった我々は神の呼び名を失い、八咫烏《やたがらす》が鴉の一族、神狐が狐の一族と名乗る。それと同様に、龍神もまた、龍の一族と名乗っている。

神には戻れない。戻れない我々はこの世界で生き、あやかしから人になるしかないのだ。

「当主、おかえりなさいませ」

玄関には一族の者たち、配下の当主たちが勢ぞろいし、冷たい床に正座して指をついて出迎えた。

一族の者たちと自分に血の繋がりはない。

力によって、ねじ伏せられ配下になった者もいれば、自ら服従を選んだ者もいる。

服従し、配下になるのが嫌なら、戦い抗うしかない。

ただし、当主が負ければ、一族全員が配下に下ることになる。

それゆえに、どの一族も最も強い者が当主になる――なるしかないのだ。

生き残るために。

「おい。客と会うために戻っただけだぞ。いちいち集めるな」

「紫水様は千後瀧のご当主でいらっしゃいます。ご自覚なさいませ」

そう言ったのは、先代当主の妻、暖子《はるこ》だった。

千後瀧に拾われ、千後瀧のために生きる人間の女。この山奥にある巨大な屋敷を取り仕切り、先代が去っても千後瀧に忠誠を誓い、守り続けている。

屋敷の裏手には広い雑木林が広がり、さらにその奥に不気味な言い伝えが残る滝がある。

滝には昔、龍がいて、近寄る人間も動物も命あるものすべてを呑み込んでしまったという。

その滝のそばに捨てられていたのが、暖子だった。

「当主らしくしろと、また俺に説教するつもりか」

「そうでございますね。他の者では恐れ多く申し上げられませんから。今日は屋敷を壊さないでくださいまし」

「それで、用事とはなんだ」

「千後瀧にとって無視できる家柄のお嬢様ではございませんから、紫水様をお呼びいたしました」

本家にいる者では手に負えず、俺を呼んだということらしい。誰と聞くまでもなく、面倒な客であることがわかる。

「紫水様。お久しぶりでございます」

客間の障子戸を開けた先に、指をついて頭を垂れていたのは古條十詩《こじょうとし》。人間でありながら、遥か昔から千後瀧と関わる古條家の娘だ。

新進気鋭の着物作家として評価され、雅号は十雨《じゅうう》という。

松の色を思わせる深緑の縦縞が入った着物に柄の大きな牡丹《ぼたん》。十雨は柄が大きくモダンな柄を得意とし、若い女性から人気があるそうだ。

「なんだ、お前か。それで話とは？」

「せっかちですこと。久しぶりに会った婚約者にかける言葉ですの？」

短く切り揃えられた断髪に、花をかたどった赤い宝石のヘアピン、覗いた半襟は西洋のレースで、帯留めは陶器の黒猫。着物を今風に着こなして、同じ年代の少女たちの先端を行く。

十詩が着るものにこだわっているのは、昔からだったが、着物作家として注目を浴び始めた頃から、なおさら身につけるものに気を配るようになった。

「当主。お座りになられて、十詩様とお話しされたらいかがでしょう」

座れば余計に話が長くなりそうな予感がした。

「紫水様。暖子様のおっしゃる通りになさって。わたくしのお話は、千後瀧の将来に関わる大切なお話ですもの。そのほうがよろしいわ」

断ろうとしたが、一族内で問題が起きても動じない暖子でさえ、十詩の扱いには困っているようで、物言いたげな目で俺を見る。

「紫水様がお好きなカステラもお土産に持って参りましたの。ご一緒に召し上がりましょ」

俺のカステラ好きは、どこから広まったのか、いつの間にか俺への手土産はカステラと決まっていた。

どうせ陽文あたりが言いふらしたに違いない。

確かにカステラはうまいが、うっかり『うまい』と口に出したばかりに、客が来るたびカステラである。

ここ連日、カステラが続いている。

「いや、いい。炒《い》り豆《まめ》をもらった」

思えば、世梨が来てから色々な食べ物を口にするようになった。

世梨が用意する食事やちょっとした間食のひとつひとつが、特別に思えるのも不思議だ。

干渉される煩わしさから、本家の者でさえ、そばに置かなかったが、世梨だけは違う。違和感なく自然に暮らせる。

「炒り豆？　紫水様に炒り豆なんて貧乏臭い食べ物を差し上げる方がいらっしゃいますの？」

「世梨が作ってくれたものだ。うまいぞ」

包み紙を広げて炒《い》り豆《まめ》を見せた俺に十詩は顔から笑みを消す。

世梨が宝物でも運んでいるかのように、包み紙を両手に持ち、駆け寄ってきた時、その手の中になにがあるのだろうと思った。

覗き込んだ手の中に、紙に包んだ炒《い》り豆《まめ》が見え、それが俺のためであることを知った時、不思議な気持ちになった。

世梨の存在は人が持つ複雑な感情や心の機微を俺に教える——これが、人間の妻を娶《めと》るということの意味。

「紫水様が尊敬する千秋様の孫娘の名前ですわね」

「そうだ。俺の妻だ」

十詩は自分に自信があり、気の強い性格で、俺が妻と言っても怯《ひる》まなかった。

「彼女は紫水様の妻に相応《ふさわ》しいと思えませんわ。女学校も出ておらず、千秋様の跡を継いだとも聞いておりません」

「それのなにが問題なんだ？」

雲行きが怪しくなってきたからか、暖子がやってきて、俺と十詩の前にお茶を置いた。

「当主。十詩様。お茶をどうぞ」

だが、十詩はお茶の入った湯呑みに見向きもしなかった。

「普通の娘に千後瀧家当主の妻の責務は果たせません。荷が重すぎますわ」

「世梨は当主の妻としての条件を満たしている」

「条件なら、わたくしのほうが上のはず。わたくしのどこが彼女より劣るのですか？千秋様の孫娘だから、紫水様が気に入っただけではございませんの？」

「ならば、聞く。お前が言う上とは、なにをもって上と言っているんだ？」

これだけ必死になるということは、十詩が焦っている証拠だ。語らずとも世梨の力のほうが上であると、言っているのと同じ。

「そ、それは……でも、わたくしは古條の娘ですし……」

世梨の力を知る十詩は、力だけで比べたら自分の不利になると気づいたらしく、家の名を持ち出したが、言葉を繋げられず押し黙った。

ようやく静かになったかと思いながら、茶を一口飲む。

そして、世梨が持たせてくれた炒《い》り豆《まめ》を食べた。

「力なら、お前より世梨のほうが上だ。俺が与えた龍の文様を自分のものにしてしまったんだからな」

十詩だけでなく、成り行きを見守っていた暖子が息を呑むのがわかった。

「驚くだろう？　世梨は俺の力を奪った」

自分の右の手のひらを眺める。

世梨に俺の力を与えた時、俺の手ひらに世梨と同じ龍文《りゅうもん》が現れた。

「今や、俺とあいつは一心同体ってわけだ」

「当主、そのようなことがあるのですね……」

「俺も驚いた」

あやかしたちが世梨を狙うのも無理はない。

興味を持って当然だ。

「これだから、人の世は面白い。龍の力を奪い、それを使う人間の女がいるとはな」

「確かに珍しい力かもしれませんけれど、紫水様の婚約者であるわたくしではなく、他の女性に加護を与えるなんて、酷すぎます……！」

十詩はいつも自信たっぷりで、他の娘たちなど自分の相手ではないという顔をしているが、今は違う。自分に勝ち目はないと悟り、涙を滲ませて睨《にら》みつけた。

「ずっと紫水様の妻になるため、努力してまいりました！　あなたに気に入られようと必死でした！　どうして、わたくしの気持ちをわかってくださらないの？」

この必死さが演技でないなら、なおのこと悪い。

「婚約者か。ここではっきり言っておく。俺がお前を妻にすることはない。なぜなら、俺を欺き裏切ったからだ」

俺は千秋が亡くなった後、あちこちに着物が売却され、行方《ゆくえ》がわからなくなるのを恐れ、前もって本宮夫妻と連絡を取り、着物を売ってもらう約束をしていた。

本宮家が事業に失敗した話を聞いており、本宮夫妻の経済状況を考えたら、手当たり次第、売ってしまうだろうとわかっていたからだ。

だが、十詩は古條家の権力を使い、千秋の着物を俺より先に手に入れた。

結婚を渋る俺への取引材料にするため、裏から手を回し、俺より先に本宮夫妻から着物を購入したのだ。

――そこまでなら、まだ許せた。

十詩は千秋の着物をあちこちへ売り飛ばし、わざと俺の手に渡らないようにしたのだ。結果、行方《ゆくえ》を追えた分だけ着物を手に入れることができたが、いくつかはまだ行《ゆく》方《え》知れずのままだ。

千秋の着物がどうでもいい着物のように扱われているかと思うと、怒りが湧いてくる。

「お前を信用できない」

「紫水様はすべてご存知ですのね」

十詩は泣き落としで俺を動かせないとわかり、諦めたのか着物を奪ったことをあっさり認めた。

「俺の本業は蒐集家《しゅうしゅうか》だ。人の手から人の手へ渡ろうとも行方《ゆくえ》を追ってみせる。今回のように、金が絡んだ話なら、どこからでも聞き出せる」

「それで、古條が関わっていると突き止められてしまったというわけですのね」

十詩は口では残念がっていたが、腹の中では誰が古條の名を出し、裏切ったか考えているに違いない。

この後、仕返しをするつもりなのか、十詩の気の強さが見え隠れしていた。

「わたくしに冷たかった紫水様が悪いのです。だから、お父様にご相談しましたの。紫水様がわたくしではない女性を選ぶかもしれないと」

着物を交換条件に一時的とはいえ、俺と婚約したのだから、策はまずくなかったと言える。だが、当然のことながら、そこに俺の気持ちはない。

「古條の力を利用して、婚約者になったからといって、それを悪いなんて思いませんわ。そうでもしなければ、紫水様はわたくしを見てくれなかったでしょう?」

それはまあ、正しい――真新しい木材が使われた天井を見上げた。

古條家との結婚話を勝手に進めていたことに腹を立て、怒りに任せ、俺がぶち破った天井だ。

今は修理され、空は見えない。

「わたくしは知っていますのよ」

「なにを？」

俺のなにを知っているというのか、十詩は泣きそうな顔をした。

「紫水様がわたくしに怒る理由ですわ。紫水様が一番手に入れたかった着物は、千秋様の着物ではありませんわね？」

十詩は気づいていたのだ。

たった一枚の着物を手に入れるために、俺が不本意な婚約すら受け入れるだろうと。

どうしても手に入れたかった着物。あれは俺にとって、特別な意味を持つ――

「……そうだ。俺が手に入れたかったのは本宮世梨、雅号は百世《ひゃくせい》。百世の最初で最後の作品《いちまい》だ」

百世不磨《ひゃくせいふま》。永久に消えずに残り、不朽である――千秋が名付けた雅号である。

千秋は必ず自分の作品には落款《らっかん》を残した。

その教えどおり、世梨もまた百世の落款《らっかん》を残していた。

「俺が憧れる着物作家の一人でもある」

十詩は唇をきつく噛んだ。

俺がそれを見たのは着物になる前の反物だったが、一瞬で心を奪われた。

染料を流すため、川にたなびく反物を橋の上から見た時、千秋の作品と同じ特別な感情を持った。

「不公平です……。どうして、わたくしではなく、彼女ばかり恵まれているのですか！」

「世梨が恵まれている？　一言欲しいと口に出せば、簡単に奪える境遇にいるお前がそれを言うのか」

両親から愛され、才能に恵まれた十詩は古條の家でも特別な存在として扱われ、自由に生きてきた。

女学校を中退し、美術学校へ入学したのも十詩が決めたことだ。

思い通りに生きることができるなら、それでいい。悪いとは言わない。

だが、問題は古條家だ。

娘が欲しいと言えば、手段を選ばず奪い取る。娘可愛さにやったならともかく、これは千後瀧家と古條家を姻戚関係にするという目的があったから、十詩の想いを利用しただけのこと。

古條家には娘だけでなく、俺たちの存在も利用するだけ利用し、役に立たなくなったら切り捨てる、非情さのようなものを感じていた。

十詩もまた世梨とは違う孤独を抱えているのかもしれない。だが俺は――

「俺は不自由に生きてきた世梨に自由を与えたい」

願いを口にできず、静かに願いを紙の上に描いていた世梨。

千秋は孫娘の願いに気づいていただろうか。

仕事場に飾った菜の花の絵は一輪ではなく、菜の花畑だったということに。

庭に咲く菜の花の絵を描いたと、千秋は俺に言った。

俺には、菜の花畑のその先の風景を見たいと願っているように思えたのだ。いつか、その先へ行きたいと思い描いた絵のような気がした――

「そういうわけで、暖子。洋裁を学べる学校を探してくれ。それから、ミシンが欲しい。炒《い》り豆《まめ》のお礼に贈ろうと思う」

「それはよろしいですけど……。炒《い》り豆《まめ》……炒《い》り豆《まめ》のお礼にミシンですか……」

贈り物としておかしかったのか、暖子は微妙な顔をしていた。だが、俺には世梨が喜ぶという確信があった。

「まさか紫水様は、彼女に洋裁をさせるおつもりですの⁉」

「そうだ」

「止めるべきです。誰もが千秋様の弟子になれるわけではありませんわ！」

奪わなければ見ずに済んだ百世の作品を十詩は目にしてしまった。

十詩は見ないほうがよかったのだ。

「紫水様なら、彼女が持つ才能に気づいていらっしゃるはずです」

「千秋の跡を継ぐことがすべてじゃない。俺は世梨のやりたいようにやらせてやりたい。ずっと我慢してきたんだ。もういいだろう?」

「本当にそれでよろしいのですか? わたくしだけじゃなく、百世の作品を見た者は、千秋と同じ世界へ足を踏み入れるべきだと言うでしょう」

「残念だとは思う。だが、これからは洋服の時代だ」

俺が着ているのは英国で仕立てられたというスーツだ。だが、これもいずれは国産品が当たり前になる。

洋服の時代がやってくる。

「流行に敏感なお前のことだ。気づいているだろう?」

「それはそうですけど、文化を維持し、継承するのも大切ですわ」

「心配するな。千秋が教えたものは消えない。作品もまた同じ。形を変えて時代の中に残る。俺たちのようにな。もう昔と同じ形ではいられない。今はそんな時代だ」

術者の家系であり、変わった力を持つ血筋の古條家に生まれたため、十詩はあやかしの妻になることが己の使命のように感じている。

しかし、古條家も時代の流れには逆らえず、やがて古條家も自分たちが何者であったか忘れてしまうだろう。

「十詩。俺は行く。今日は大事な用事があるからな。暖子、後は頼む」

暖子は指をつき、頭を深く下げた。

了承したという意味だろう。

やっと世梨たちと合流できる。

客間から出た瞬間、廊下の足音がうるさく響いた。

「何事です。騒々しい。当主がいらしてるのですよ」

「大変です！　世梨様がいなくなったと蒼様から連絡がありました！」

蒼に似た水干《すいかん》姿の少年が息を切らせ、俺に言った。

この少年は白蛇の一族の者だ。

蒼がでかけると聞いて、さりげなく身辺を警護していたのかもしれない。

「慌てるな。どうせ、鴉だ」

「当主。どうなさいますか？」

「決まっている。奴らを叩き伏せる」

やはり、鴉とは徹底的にやりあうしかないらしい。

感情に呼応し、空が曇り、強い風が吹く。

急速にやってきた雨の気配に俺の怒りを感じたのか、屋敷中がしんっと静まり返った。

「十詩。世梨に手を出せば、古條家であっても容赦しない。お前も心得ておくことだ」

「……わかりました」

言いたいことは山ほどあるだろうが、十詩は感情を抑えた。

十詩は普通の娘ではないからこそ、今度は屋根ひとつでは済まないとわかる。

「当主は気が短くていらっしゃいますからね。気をつけてくださいまし。どうぞ、十詩様。お帰りはあちらでございます」

暖子が手で出口を指し示す。

十詩は黙って立ち上がり、俺と暖子を睨《にら》むと、足早に去っていった。

古條家でも特別扱いされて育った十詩の並々ならぬ執念を感じた。十詩は幼い頃から、あやかしの一族へ嫁入りするように言い聞かされて育った。

だが、自分は特別であやかしたちの中でも強い者でなければ、自分に相応《ふさわ》しくないと、周囲に言っていたらしい。

――俺たちにも意思はある。

不思議なことに相手が力を持っているだけでは駄目なのだ。

「選ばれる者と選ばれない者。残酷でございますわね」

「暖子。お前も先代から選ばれて妻になった。だからこそ、わかるだろう？　誰でもいいわけではない」

「おっしゃる通りでございます。当主、お選びになったからには、世梨様を大事になさいませ。妻は二人とおりませんからね」

「わかっている」

――俺の妻はたった一人だけ。

手のひらを握りしめた。

力を使ってくれたなら、すぐにでも居場所がわかる。だが、世梨はまだ龍文《りゅうもん》を使っていない。

まだそこまで危機的な状況ではないということだ。

「継山が所有する屋敷を調べろ。俺は陽文たちと合流し、話を聞く」

「かしこまりました。すぐに調べさせます」

――世梨に傷ひとつ、つけさせるものか。

激しい雨が降りだし、庭の土をえぐるように叩いた。

俺が人の姿になり、初めて知った気持ちがある。

世梨と出会った時から今まで、その気持ちをなんと呼ぶのか探していた気持ちの名。

その気持ちの名は『愛おしい』と呼ぶのだと――世梨と共に暮らすことで、ようやく俺は知ることができたのだった。

青空が広がる春の午後、朝晩の寒さが嘘のように、太陽の日差しはすでに春の様相を見せている。

＊　＊　＊　＊　＊

外が明るいせいか、室内に落ちる影の色が濃く感じた。足元の影を見つめ、不安を隠すように自分の右手を握りしめる。

――卑怯な真似をして、私を連れてきた相手に弱い気持ちを見せたくない。

拐われた私が連れてこられたのは、意外にも紫水様の家の近くだった。

建てられて、それほど経っていないのか、洋館のどこかに使われた木材の香りが残っている。

洋館内は飾り気が少ないデザインで統一され、今までのアールヌーボー様式とは違う。装飾が少なくても、簡素というわけではなく、廊下の床は幾何学模様、階段は大理石、天井には青みを帯びたガラスのシャンデリアが吊るされ、きらびやかな雰囲気がある。

私が閉じ込められている応接間の家具は無地で、テーブルは硝子《がらす》を使用した珍しいもの。

これらの意味するところは、ただひとつ。

洋館内に私が使えそうな文様がどこにも見当たらないということだった――

「どうです。世梨さんが奪えるような文様がないでしょう？　これは新しいデザインでアールデコと呼ぶそうですよ。家具類だけでなく、小物ひとつにしても揃えるのが大変でした」

あえて私の馴染みの薄いデザインを選び、力を使えないようにするという用意周到ぶりだった。

文様の名を知らなければ、私は力を使えない。

一人がけの革のソファーに足を組んで座っているのは継山さんで、長椅子タイプのソファーには玲花が座っている。

ドアの前には見張りが二人。窓の外にも庭を巡回する書生風の男たちが見え、私が逃げられないよう周囲を取り囲む。

「あなたを妻にするのに、特別な洋館が必要だと思い、急いで建てさせたんですよ」

この洋館は私を閉じ込めるための檻だった。

「……私になんの御用でしょうか」

私を脅し、連れ去るために利用した打掛は、私の目の届かない場所へ移されてしまい、ここにはない。

継山さんたちの手際のよさに、私を連れ去る計画が以前より企まれていたものだとわかる。

郷戸から、すぐに私を連れ去らなかったのは能力を把握して弱みを握り、逃げられないよう洋館まで建てて嫁取りを確実におこなうためだったのだ。

紫水様が現れなかったら、私は継山さんに有無を言わさず嫁がされていたはずだ。

継山さんは自信に満ちた顔を私に向け、はっきりとした口調で言った。

「世梨さんに自分の妻になっていただく」

そう言われるだろうと思っていた私は驚かず、冷静な態度で言葉を返した。

「私は紫水様の妻です」

「人間のルールではそうですね。ですが、我々の世界では、まだ妻ではない」

私がまだ紫水様の正式な妻ではないと、継山さんは知っている。

それを聞いた玲花は声を立てて笑った。

「やだぁ。世梨ってば可哀想！　まだ妻じゃなかったなんて！　世梨は旦那様から愛されていないのね」

「それは……」

違うなんて言えなかった。

私と紫水様の結婚が形だけのものである以上、玲花の言葉を否定できない。

「でも、よかったわね。誰もいらない世梨を継山さんがもらってくれるんですって！」

玲花は怨霊をそばに置き、チョコレート色をした革のソファーにもたれ、長く伸びた爪を私へ向けた。

「世梨がいなくなった後は私がお父様やお母様、周りにちゃんと説明してあげるから安心して？　千後瀧様との結婚生活が嫌で逃げていなくなりましたって」

「いなく……なる……？　私が……？」

「世梨さんは異界で暮らすんですよ。こちらは敵が多すぎる。あちらなら、まだ龍の目を欺き、隔離できるでしょうしね」

「隔離できるって、どういうことですか？」

私があまりに無知だからか、継山さんは子供に言い聞かすように、ゆっくりとした口調で話す。

「最近、始まったラジオがあるでしょう。ラジオは周波数を合わせなくては聴けない。それと同じで、異界には鴉には鴉の、龍には龍の領域があるんです。ただし、服従し、配下になってしまえば、居場所はすぐにバレてしまいますがね」

つまり、私が向こう側へ連れていかれたら最後、紫水様であったとしても簡単に見つけることができなくなるということらしい。

「あなたの妻にはなりません。私は紫水様との結婚生活が嫌だなんて思ったことは一度もありません！」

帰りたい——私はここへ連れてこられてから、ずっと帰りたいと思っていた。

それなのに、どうして紫水様たちと引き離されなくてはならないのだろう。

「龍に絆されてしまいましたか？　困りましたね。では、打掛がどうなってもいいのですか？　千秋様はあの打掛で世梨さんが嫁ぐ日を楽しみにしていたのでは？」

「本当よねぇ。世梨ってば、おじい様を何度も裏切るのね。育ててもらった恩も忘れて、なんて冷たい孫娘なのかしら。きっとおじい様も育てたことを後悔されてるわ」

私は前を向き、継山さんと玲花を睨《にら》んだまま、視線を外さなかった。

「なんなの？　生意気な目ね」

傷つくと思っていた私が、反抗的な態度だったからか、玲花はそばにいる怨霊に目をやる。

怨霊は私の目でも確認できるほど、禍々しく成長し、以前より強大になっていた。

「玲花。もし、その中におじいちゃんがいるなら、今すぐ解放してあげて」

「そんなの、いるかどうかなんて、わからないわ」

「わからない？」

「だって、集めすぎちゃったし。解放なんてしたら、どうなるかわからないわ」

「それは……大丈夫なの……？」

私の胸に広がる不安は予感に近い。このままだと、玲花の命が危険だ。

けれど、玲花が気にする様子はなかった。

「私の命令を聞いてるんだから、大丈夫でしょ。そんなことより、喉が渇いたわ。紅茶を用意してちょうだい」

すでに制御不能だと、玲花は気づいているはずなのに見て見ぬふりをしている。

継山さんに目をやると、不安げな私を見てにっこりと微笑んだ。その笑みで察した。

継山さんは私が逃げられないよう祖父の打掛だけでなく、玲花まで人質にしたのだ。

「世梨さんも紅茶にしますか？」

「いえ。私は……」

こんな状況で、食べ物を口にできるような気分にはなれない。

でも――

「緑茶と落雁《らくがん》をいただけますか？」

「ふむ。和菓子は用意していませんでしたね。洋菓子のほうがお好きだろうと思っていたので」

「渋いお茶と落雁《らくがん》がよく合うんです」

「わかりました。買ってこさせましょう」

継山さんは見張りに、私が要望した落雁《らくがん》を買ってくるよう命じていた。

「世梨が見張りを減らそうとしているんじゃない？」

「ご心配には及びません。買ってくるのは、見張り役でない者が行きますからね」

しばらくして、紅茶とビスケットが運ばれてきた。

当然ながら、鴉たちは私を警戒していて、ティーカップやビスケットに文様はなかった。

継山さんは余裕の笑みを浮かべ、私に言った。

「このままだと、玲花さんは危険でしょうね」

「私が危険？　どういうこと？」

玲花はティーカップを手にし、不思議そうな顔で首を傾げ、そんな玲花を継山さんは蔑《さげす》んだ目で見ていた。

「自分なら玲花さんを助けてあげられますが、それは世梨さん次第。さあ、どうします？」

鴉の一族を統べる当主だけあって、継山さんが強いのは間違いない。

でも、私の手のひらには龍文《りゅうもん》がある。いざとなったら、これを使う――そう思っていると、外から騒がしい声がした。

「世梨さまぁっ！　世梨さまっ！」

「蒼ちゃん！」

それは、蒼ちゃんの声だった。

ドアのほうへ駆け寄ろうとした私を大きな手が阻んだ。

継山さんは私の腕を掴むと、強い力でソファーに座らせる。

「……っ！」

体がソファーに叩きつけられた衝撃で、息を詰まらせ、軽く咳き込んだ。

「世梨に自由なんてあるわけないでしょ？　勝手に動いちゃ駄目よ」

咳き込んだ私を見て、玲花が笑う。

「ちょうどよかった。白蛇をここへ連れてきなさい」

ドアが開き、蒼ちゃんが私を見る。

青墨色《あおずみ》の瞳が私を映し、無事を喜んだ表情を見られたのは一瞬だけ。

部屋に入った途端、蒼ちゃんの姿が変化し、白蛇の姿になった。

蹴飛ばされ、ボールのように転がり、椅子の脚にぶつかって止まる。

「蒼ちゃんっ……！」

白蛇の姿になった蒼ちゃんの元へ駆け寄り、手ですくいあげる。

蒼ちゃんは目を開けて、悲しい顔で私を見上げた。

――もしかして話せない？

部屋の入口に、蒼ちゃんがポケットに入れていた炒《い》り豆《まめ》。そして、よそゆきのセーラー服が散らばっていた。

鴉たちは白蛇の姿に戻った蒼ちゃんを嘲笑う。

「白蛇殿。なんと無様なものですなぁ。力を封じられて、本性を晒すとはみっともない」

「なんじゃ。この豆は？　白蛇の奴、豆を食っておるのか」

鴉たちの視線を追うと、部屋の四隅に黒い羽根が置かれている。

そして、他にも忍ばせてあるのか、彼らの視線はそこだけでなく、部屋の中のいたるところに向けられていた。

この部屋に仕掛けられた罠。それは、他のあやかしの力を無効にするものだった。

継山さんの余裕がある態度の理由がわかった。

たとえ、紫水様や陽文さんが私の居場所を捜し出したとしても勝てる自信があるからだ。

「結界に気づきましたか。驚くことではありません。龍も狐もやっていることです。一族以外の者が力を使えぬようにするのは、自衛のため当然のこと」

だから、鴉たちは紫水様の家の中まで入れなかったのだ。

道の前で私を狙うしかなかった。

「百貨店で遅れをとったのも、あの中では狐が有利だったためですよ。封じられてはいないものの、狐の力を増幅させる作用が施されている」

「建物にあった葛の葉の文様はそういう意味だったんですね」

「白蛇のように本性を晒す情けない真似はしませんでしたが、幻影から抜け出すのに苦労しました」

「蒼ちゃんは無様でも情けなくもありません。危険だとわかっていたのに、私を助けに来てくれたんです」

蒼ちゃんを守ろうと、私の膝の上に置き、奪われないよう手で包み込んだ。それを見て鴉たちはまた笑った。

「人間の娘に守られるとは、なんと恥ずかしい」

「これだから、配下になどなりたくないのじゃ。戦い方を忘れ、守られることが当たり前になってしまっておるのではないか？」

「龍に都合よく利用されてしまっているのだ」

鴉たちの酷い言葉はやまない。

「そうよ。世梨も千後瀧様に利用されているだけなのよ」

鴉たちの話を聞き、玲花は微笑みを浮かべ、優雅に紅茶を一口飲む。

「千後瀧様はおじい様の着物が欲しくて世梨を利用しただけ。利用価値があるからよ。そうじゃなきゃ、私より世梨を選ぶなんてありえないもの」

「紫水様は、私なんて利用しなくても自分の力で欲しいものを手に入れられる方です。強くて優しくて、こんな卑怯な真似を一切なさらない！」

私の言葉を聞いて、継山さんの表情が不快なものへ変わる。

「世梨さんを今すぐにでも連れていって差し上げたいくらいですよ。白蛇が来なければ、向こうへ行けたが……忌々しい白蛇め」

継山さんに、さっきまでの余裕はなくなった。

ここに蒼ちゃんが来たことで、私の居場所が紫水様に伝わったのかもしれない。

その推測が正しければ、鴉の領域に蒼ちゃんを連れて入れば、あちらへ行ったとしても私の居場所がわかるということだ。

なおさら、蒼ちゃんを奪われるわけにはいかない。

「じゃあ、その白蛇を奪ってあげる。世梨の大好きなおじい様を使ってね？」

ティーカップを置き、玲花は私に顔を向けた。

祖父がいるかどうかもわからないほど、肥大した死霊たち。その怨霊となった死霊たちの塊は禍々しく、玲花の命令に悲鳴を上げた。

それは物悲しく苦しげな声――耳を塞ぎたいと思うほど憐れな悲鳴が、部屋に響く。

「やめて！　玲花！」

継山さんは玲花を止めず、残忍な笑みを浮かべた。

それで、わかった。

最初から継山さんは玲花を助けるつもりなんてなかったのだと。

気づいたけれど、もう遅い。

「みんな、世梨ばかりを見てもう嫌なのよ！　ここから消えて！」

心の奥にあった本当の言葉を玲花は吐き出し、私に怨霊を向けた。

蒼ちゃんを怨霊から守ろうと、目を閉じて覆いかぶさる。

けれど、いつまで経っても怨霊が襲ってくる気配がなく、蒼ちゃんを奪われることもなかった。

目を開けると、怨霊の意識が向いていたのは、私ではなく玲花のほうだった。

「な、なんなの……？　どういうこと……？　世梨のところへ行きなさいよっ！」

玲花は怨霊を凝視したまま、一歩も動けずにいる。

あっと思った瞬間、玲花が『喰われた』――悲鳴はなかった。

恐怖に顔を歪ませた玲花の体が禍々しい影の中へ消え、少し遅れて、ゴクンッとなにかを嚥下した音が聞こえた。

なにが起きたのか、よくわからない。

怨霊は玲花の体を吐き出して、玲花の体は糸が切れた人形のように倒れているのが見えた。

力を失った人の体が床に転がる重い音が不気味に響く。

「れ、玲花っ！　玲花！」

私が見る限り玲花に怪我はなかった。

それなのに体を揺さぶろうが、声をかけようが、まったく反応が返ってこない。

息をしているのに玲花は目を大きく見開いたまま、天井を眺めて指一本動かさず、まるで魂のない人形のよう。

「自業自得ですよ」

なにが起きたか継山さんにはわかっているらしい。

普通の状態ではなくなった玲花を見ても驚かず、同情する様子もない。

「死霊たちを侮るからこうなるんです。自分の身に返ってきただけのこと」

「そんな……。玲花はどうなったんですか？」

「ああ、悲しい顔をしないでください。世梨さんが悲しむだろうと思って、玲花さんの魂を全部持っていかれないよう助けて差し上げました」

「助けて……？　でも、反応がないんです！」

「ええ。そうです。肉体的には死んでいません」

黒い羽根が一枚、倒れた玲花の上にふわりと落ち、サラサラと音を立て消えた。

「肉体を助けるため、玲花さんの言葉を引き換えにしたんですよ。本来ならば、体ごと怨霊に取り込まれるはずでした。けれど、彼らに代償を支払うことで納得してもらったのです。利用するため、集められた死霊たちの恨みは深い」

恨みと聞いて、私が思い浮かんだのは祖父だった。

土蔵の中で私に言った『裏切り者』の言葉。あれは、祖父の跡を継がなかったから、私を恨んでいるのだと思った。

でも、あの言葉が偽物なら？

「おじいちゃんは……？」

「千秋様？　千秋様はこの中にいませんよ」

「いない……」

土蔵の中で見た死霊は紫水様が言ったように、祖父ではなかったのだ。

玲花の嘘を信じてしまったのは、私に後ろめたさがあったから錯覚しただけだったのだ。

もしくは、玲花がわざと祖父に似せたのか。それを確認しようにも玲花は話すことはおろか、感情さえ表現できなくなっていた。

「世梨さん。彼らはこの世に未練を残しているから留まっているんですよ。千秋様に未練があるとするなら、世梨さんの将来のことくらいでしょう」

怨霊は宿主であった玲花に縛られたまま、行き場を失い悲鳴を上げる。

「今、楽にしてあげますよ」

継山さんは玲花に対する態度より、怨霊にかけた声のほうがずっと優しかった。怨霊を解放してあげたいと思っていたのかもしれない。

継山さんは黒い羽根を一枚取り出し、怨霊たちへ飛ばす。

膨れ上がっていた怨霊が崩れ、死霊に戻ると、継山さんは死霊たちに言った。

「この世に留まらないほうが苦しまずに済む。これでわかったでしょう?」

白い霞《かすみ》のようなものが、継山さんに感謝の言葉を口にして消えていった。

継山さんが玲花と関わったのは、怨霊を玲花から自由にさせるためで、手を組んだわけじゃない。

玲花が私に怨霊を向けることがわかっていて、支配が弱まる瞬間を待っていたのだ。

継山さんもまた、紫水様たちと同じ神様に近い存在であり、私が敵う相手ではなかった。

「さて。世梨さん。鴉の一族の花嫁となるために一緒に来ていただけますか?　これで千秋様も安心されることでしょう」

紳士的な態度で、継山さんは私に手を差し出した。

「世梨さん。あなたに乱暴な真似はしたくありません。それに千秋様の着物はこちらの手にある」

私の花嫁衣装であり、紫水様が蒐集《しゅうしゅう》する祖父の着物。大切な着物なのに、私は脅されても継山さんの手を取る気にはなれなかった。

継山さんは私へ苛立った目を向けて、なにか言いかけた時、部屋のドアをノックする音が聞こえた。

「当主。お茶をお持ちしました。頼まれていた落雁《らくがん》とお茶です」

お盆に載せ、運ばれてきたのは、私が頼んだ緑茶と落雁《らくがん》。落雁《らくがん》は米、砂糖を原料とした和菓子で、四季を表現するのに桜文《さくらもん》、流水文《りゅうすいもん》、梅文《うめもん》などの文様が使われる。

「ありがとうございます」

私の前に置かれた落雁《らくがん》を見て、お礼を口にした。その瞬間、継山さんは私がわざわざ落雁《らくがん》を指定して頼んだ意図を理解したらしく、持ってきた者を怒鳴りつけた。

「なにをしている！　これは……」

私が使う文様を選べたのは、ほんの一瞬だけ。

継山さんに隠されるより早く、落雁《らくがん》を手に入れる。

「文様【桜】！」

この先も紫水様と一緒にいたい。

それが私の出した答えだった。

落雁《らくがん》の文様を奪い、龍の文様がある右手で、宙に浮いた桜を掴み取る。

思っていたよりもすっと手に馴染み、簡単に扱える。

「もしかして、紫水様の力……？」

右の手のひらを開くと、一斉に桜の花が部屋中に咲き乱れた。

目の前を桜の花が埋め、私の姿を隠す。

白い花びらが、雪のように舞い、花が咲く――ここが室内であることを忘れてしまいそうなほど美しかった。

「可愛らしい術ですね」

継山さんの笑い声と拍手の音が響き、黒い羽根が桜を塗り潰していく。黒に染まった桜は消え、地に沈んだ。

「他の者であれば、少々苦戦したかもしれません」

羽根が完全に文様を消し去る。

圧倒的な力の差を感じた。

以前より、私の力が増しているといっても、あやかしの当主の力を抑えられるほどではない。

「私に近寄らないでください！　まだ文様はあります！」

「なるほど。次は着ている着物の文様ですか？　今、力を使っても無駄だとわかったはずですが」

「それでも構いません」

「ああ、もしかして、龍を待っているんですか？　どうやら、あなたは魂を喰われた小娘よりは、賢いようですね」

私が時間稼ぎをしていると、継山さんは気づいたようだ。

紫水様が到着するまでの間、なんとかできればいいと考えていた。

蒼ちゃんがここにいるということは、私の居場所を紫水様たちが捜している証拠だ。配下である蒼ちゃんの気配を追えるなら、紫水様はこの場所にいずれ辿り着くはず。

「どうしました？　それで、次の文様はまだですか？」

「それは……」

文様はある。

私の身に宿した文様はまだいくつか残っている。残っているけれど、鴉の羽根で消された落雁《らくがん》の文様は元に戻らなかった。

さっきと同じように消されてしまったら、祖父の着物に文様を戻せなくなり、永遠に欠けたまま、駄作として世に残る。

祖父の着物から、文様を奪ったことを今になって後悔した。

これが他のものであれば、ためらわずに使えたはず。

せめて、私の――百世のものであれば、消えても構わなかったのに。

「世梨さん。文様を使わないと、あなたを捕まえてしまいますよ」

少しずつ距離を縮められ、壁際へ追い詰められていく。

手が届くところまであと一歩というところで、私の手の中に丸まっていた蒼ちゃんが飛び出して、継山さんの前に立つ。

「蒼ちゃん！」

「白蛇。その姿でなにができますか？　邪魔ですよ」

蒼ちゃんは自分を捕まえようとした継山さんの手をすり抜け、私の右手に触れた。

一生懸命、右手の龍文《りゅうもん》に頭をぶつける。

「これを使うの？」

私の言葉がわかるのか、蒼ちゃんは頭を上下に振った。

「世梨さんの動きを封じさせてもらいます。これ以上、抵抗されて怪我でもしたら大変ですからね」

「怪我をするのは継山さんです」

「文様が失われますよ？」

「いいえ、消えません。私が使うのは紫水様の力ですから！」

ここで、使えないはずの龍の力。

でも、蒼ちゃんは使えと言った。

なにが起こるか、わからない不安はあったけれど、私の耳に届く雷の音。

近くに紫水様がいるような気がした。

「文様【龍】！」

それは、迅雷《じんらい》の速度。

多頭の黒い龍が現れ、継山さんの体を弾き飛ばし、壁をぶち破り、ドアを破壊した。

怨霊よりも黒い影は物質を喰らい、呑み込み、継山さんが慌てて身を守る仕草をしても間に合わず、吹き飛ばされる。

それは天災と同じで圧倒的な威力を持ち、防ぎようのないものだった。

破壊すると満足したのか龍の頭は天を向き、役目を終えた黒い龍は消え、その場に立っていたのは紫水様だった。

「呼ぶのが遅い」

雷鳴が轟《とどろ》き、降るはずのない雨が激しく降り始め、大地をえぐる。

私の目の前にいるのが、夢でも幻でもない――本物の龍神。

雨の湿気を含んだ空気のせいか、青みを帯びた黒の髪と瞳は、紫水様が描く水墨画の墨の色に似ていた。

「怪我はないようだな」

「えっ……？　は、はい……」

現状を紫水様も目にしているはずだ。

コンクリートの壁に穴が開き、重そうな木製のドアも木っ端微塵。軽い家具類は跡形もなくなり、目視できる範囲には残骸すら見当たらなかった。

よく継山さんは耐えたと思う。

紫水様は敵地であるにもかかわらず、堂々としていて、部屋の中を悠然と歩き、私に近寄ると、ぽんっと頭の上に手を乗せた。

「どうした？　なにを驚いてる？」

「あの……この部屋は鴉以外のあやかしの力を抑える結界があるそうです……」

「結界？　そういえば、なにかあるな」

紫水様は周囲を見渡し、天井を仰ぐ。

今のところ、天井は無事だけど、壁には大穴が開き、そこから風が流れ込んできていた。

「よし、わかった」

「はい」

「力を抑えられているのなら、遠慮はしなくていいということだな」

「えっ⁉　そ、そういう意味で言ったわけでは……！」

遠慮して力を使って、この威力なら、全力だとどうなるのだろう。

継山さんが呻き声を上げ、瓦礫の中から現れた。

「りゅ……う……めが……」

上品で余裕たっぷりだった継山さんの雰囲気は一変した。酷い嵐にでも巻き込まれたのかと思うほど、着ていた洋服はボロボロになり、セットしていた髪も乱れていた。

「許さんぞ……。龍……！」

「は？　許さんのはこちらだが？」

継山さんが起き上がった瞬間、それは起きた。

大雨後の滝の音に似た轟音。天から地へ激しく水が叩きつける音がしたかと思うと、大量の水が私の周囲すべてを包み込んだ。

「し、し、紫水様？　なにをなさってるんですか！」

「鴉に身のほどをわからせてやったまで」

白い水飛沫が龍の口のように呑み込み、屋敷の屋根を吹き飛ばす。

やがて、水柱が一本になったところで、ようやく周囲が見えてきた。

そばに大小の影がふたつ。

「先生、酷いですよ！」

「目に水が入ったぁ～」

陽文さんと蒼ちゃんが水柱の中から現れて、頭から爪先までずぶ濡れになった姿で現れた。

「先生。わざと僕たちまで巻き込みましたね？」

「う〜。味方なのにぃ……」

陽文さんの髪から水滴が落ち、目に入る前にハンカチで拭いていたけれど、お洒落《しゃれ》な服装が台無しになっていた。

白蛇姿から人の姿に戻った蒼ちゃんは、水が目に入って痛いらしく、半泣きで目をこする。

「世梨を守れなかった罰だ。冷たくはないだろう？」

「それは申し訳ないと思ってます。けど、わざと水をかけなくてもって……あれ？ これはお湯ですね」

気になって触れてみると、ちょうどいい湯加減のお湯だった。

水じゃなかったのは紫水様なりの気遣いらしい。心なしか、紫水様は得意顔だ。

洋館の一部分は完全に消滅し、中は水浸しになり、継山さんの姿が消えていた。

「化け物が！」

どこからか継山さんの声がしたけれど、姿が見当たらない。

「俺が化け物なら、お前は獣だ」

紫水様に言われて気づく。

さっきまで、継山さんがいた場所に羽を濡らした鴉がいた。

「本性を晒し、獣に戻ったせいで目上の者への挨拶《あいさつ》の仕方を忘れたようだな」

両翼を動かし、水を弾いて水滴を飛ばし、ふんっとそっぽを向いた鴉……継山さんは紫水様に折れる様子がない。

「今回は敗北を認めて差し上げますよ。ですが、次回は……」

「次回？」

「ひっ！」

紫水様は鴉の姿になった継山さんが逃げようとしたのを見て、すばやく脚を掴んだ。それも楽しそうに。

「お前に次があるとでも？」

継山さんは懸命にもがくも抜け出せず、苦しげに翼をバタつかせるだけで精一杯だった。

「鴉。俺の配下になるか、一族ごと消されるか、今すぐ選べ」

小雨がまだ降っており、空はゴロゴロと雷の音を鳴らしていて、紫水様の機嫌の悪さがわかる。

いつでも、雷を落とせるぞ――そういうことだ。

「他の奴らはなにをしているっ！」

蒼ちゃんの髪を拭いていた陽文さんが紫水様の代わりに答えた。

「悪いね、鴉。今回は僕の失態で世梨ちゃんを守れなかった。だから、周りに狐の結界を作らせてもらったよ。まあ、こっちも無傷では済まなかったから、おあいこだよね？」

「つまり、龍は……狐と鴉、我々の結界の中で力を使ったと……」

狐の結界で鴉の力を弱め、鴉の動きを封じた。その上で、紫水様はあれだけの力を披露したということだ。

継山さんは抵抗を止めた。

紫水様は天を見上げ、それから地面を指差した。

「いや、地面に流れる龍脈を読んだ。ちょうど、ここが龍穴になっていてな。ちょっと力を加えたら、お湯が大量に湧いたというわけだ。噴き上げたお湯を叩きつけてやった！」

「だから、あんな滝みたいな音が……」

「お湯と水が混ざって、いい湯加減だろう？」

紫水様が胸の前に腕を組み、いい仕事をしてやったという満足そうな表情を浮かべていた。

人間の姿になったのは、陽文さんより後という紫水様だけど、その悪意なき無邪気さに、龍神だった頃の名残が垣間見えた気がした。

「継山。諦めろ。お前の一族はもう戦えない」

空から落ちた鴉たちは、床や地面に黒い斑点模様を描き、転がって動けなくなっているのが誰の目にも明らかだった。

「紫水様。まさか、死んでませんよね……？」

「気絶しているだけだ。幻影で死んだと思い込まされ、動けなくなった」

「そうですか……」

ホッと胸を撫でおろし周囲を見ると、洋館の外は白い狩衣《かりぎぬ》を着た人が周囲を取り囲んでいた。

「狐の一族だ」

助けていただいたので、こちらからお礼の意味を込めて会釈すると、向こうも同じように会釈した。

狐面をかぶった集団に陽文さんが声をかける。

「もう戻っていいよ。後はこちら側の仕事だ」

彼らは無言で陽文さんの言葉にうなずき、紫水様には一礼し、姿を消した。

そして、代わりに現れたのはスーツ姿の男の人たちで、鴉を回収し、工事中の看板を並べる。

そこには『温泉発掘中』と書かれてあった。

発掘中もなにも、すでにお湯が湧いている。

道路は封鎖していたのか、通行人は誰も通らなかった。

「狐の一族は隠蔽がうまいな」

「人の世に慣れているだけですよ」

「これも隠蔽しておくか」

継山さんを持ち上げて、悪い顔で紫水様は言ったけど、蒼ちゃんが首を横に振った。

「焼き鳥にしてもまずそぉ……」

「確かに。だが、飼うにしても見た目がな」

「紫水様、蒼ちゃん。冗談ですよね？」

このままだと、継山さんは本当に焼き鳥にされるか、もしくは鳥籠に入れられ、人の言葉を話す鴉として、見世物小屋へ売られてしまいそうな勢いだ。

「再度、鴉に問う。俺の配下になるか消えるか、どちらだ？」

「誰が貴様の配下などに！」

「わかった。滅亡だな」

「我が一族を滅亡させると⁉」

継山さんはそれを聞いて焦りだした。

すでに鴉たちは戦える状況でなく、人質ならぬ鴉質。

他の鴉たちは捕らえられてしまっている。

「じゃあな、鴉」

「し、紫水様！」

本気だとわかって、紫水様を慌てて止めた。

陽文さんも蒼ちゃんも止める気がない。

弱いものが滅ぼされるのは、彼らにとって当たり前のことなのだ。

「継山さんは一族を守るために、妻となる女性を探していらっしゃったのですよね？

それなのに、自分の矜持《きょうじ》を優先して、一族を滅ぼされてしまってもいいんですか？」

私が紫水様の腕を掴んで止めていると、継山さんは感激し、黒い目を潤ませた。

鴉の姿だからか、少し可愛く見えてしまう。

「感激です。世梨さん……。庇ってくださるとは……！」

「やはり、鴉を早急に滅ぼしたほうがよさそうだ」

「ま、待て！　千後瀧に……龍に従う。鴉の一族は龍に従う！」

「ならば、誓え」

紫水様の脅しは常に本気で、やっと継山さんは決心したようだった。

さっきまで広げていた翼を閉じ、頭を垂れる。

「すべての八咫烏《やたがらす》、一様にして配下に下り龍神に従う」

「諾《だく》。鴉たちよ、俺の配下に加わる栄誉を与える」

紫水様は笑い、継山さんの体に龍文《りゅうもん》を描く。

私の文様とは種類が違う。

龍文《りゅうもん》には光る鎖がついており、継山さんと周りの鴉たちの体に鎖が絡みつく。

眩しい輝きを放ち、そして、見えなくなった。

「景理。お前に最初の命令を与える」

「……はい」

継山さんは素直に返事をする。

紫水様はいったいなにを命じるのだろう。

私だけでなく、陽文さんと蒼ちゃんも緊張気味に紫水様の言葉を待つ。

「ここに銭湯を作れ」

「銭湯っ⁉」

「近所に銭湯があると便利だ。これで、いつでも広い風呂に入れるぞ」

「先生。まさか、そのためにやったわけじゃありませんよね？」

陽文さんは天高く湧き出るお湯を眺め、じろりと紫水様を見た。

「いやいや、まさか。俺もお湯が出るとは思わなかった。そこまで、狙ってやれるものではないだろう？」

「どうでしょうか」

紫水様が不自然に目を逸らしたのを見逃さなかった。この騒ぎの後処理をする陽文さんにこれ以上追及されるとまずいと思ったのか、紫水様は私の手を取る。

「よし、世梨。遅くなったが、今から百貨店へ行くぞ」

返事をするつもりが、私はすぐに返事ができなかった。

それは、自分の掴まれた手に、ぬくもりを感じたから。

「紫水様。手が……」

繋いだ手から、紫水様の体温を感じる。

以前はなかった体温。人と同じぬくもりが、紫水様の手から伝わってくる。

――手があたたかい。

『あやかしは人を知ることで、人に近づくことができる』

紫水様は人に近づいたのだ。

それに気づいていない陽文さんが紫水様に言った。

「先生、買い物って……。世梨ちゃんと感動の再会ですよ？　もっと他に言うことがあるでしょう？」

いつもどおりの紫水様に、陽文さんは呆れていた。

でも、私は繋いだ手で、紫水様の気持ちがわかる。

「いいえ。なにもおっしゃらなくてもわかります」

私と紫水様だけが知っている——お互いの手のぬくもりを。

終章

桜が満開になった四月の午後。

台所に立った私は、いなり寿司の油揚げを甘く煮て、卵焼きを焼いた。

それから、祖母直伝のお煮しめ。

漆塗りの重箱は沈金の寿松《ことぶきまつ》。金の松葉が針に似た葉を伸ばして、夏の夜に咲く打ち上げ花火のようだ。

松葉の数え方は針と同じで一本二本と読む。それも鋭く細く表現された葉を見れば、納得できる話だ。

金の松葉模様の蓋を開けて、朱色の内塗《うちぬり》の中へ冷ました料理を詰めていく。重箱は金の単色であっても、じゅうぶん華やかに見え、料理もより豪勢に見えた。

これは今日の夕方に開かれるお花見に持っていくお弁当で、紫水様や陽文さん、蒼ちゃんのお友達が集まると聞き、量もそうだけど味のほうも力を入れたお弁当になっている。

「これでよし！」

「世梨さま。外にまで砂糖とお醤油の美味しそうな匂いがしました。早く食べたいですっ！」

蒼ちゃんは庭から黄色の菜の花、緑の山椒の葉をザルに入れて、持ってきてくれた。山椒の木の芽は、ようやく顔を出したばかり。もったいなく感じるけれど、木の芽は時期を逃すと、すぐに硬くなってしまうから、早めに使ったほうがいい。

「なにを煮ているんですか？」

「昆布の佃煮を作っているの。明日のご飯の時に食べましょう」

お煮しめの出汁に使った昆布は細かく刻み、木の芽と一緒に煮れば、山椒昆布の佃煮になる。

春の香りがする佃煮は、紫水様のおにぎりの具にもなるし、夏には冷たい素麺《そうめん》に添えても美味しい。

蒼ちゃんはいなり寿司が並べられた皿を見て、お腹の音を鳴らした。

「蒼ちゃん、いなり寿司の味見をしてくれる？」

「わぁ！　ありがとうございますっ！」

いなり寿司をひとつ、蒼ちゃんにあげると、大喜びで食べていた。

さっき、お昼に筍《たけのこ》ご飯を食べたばかりだというのに、蒼ちゃんは食欲旺盛でお弁当が足りるかどうか心配になってきた。

「大丈夫かしら……」

余った筍《たけのこ》ご飯をおにぎりにして、これも夜の花見に持っていくことにした。

蒼ちゃんの食欲を考えたら、どれだけ作っても足りないような気がしてならない。

「今年は世梨さまがいるから、すごく楽しいお花見になると思います」

「本当？　私もお花見を楽しみにしてたの」

「提灯の灯りに照らされた桜が綺麗で、色んな種類の桜がある広いお庭なんですっ！」

お花見に誘われた場所は三葉財閥が所有する和風庭園で、散策できるほどの広さがある立派な庭園らしい。

「ちゃんと桜を見るのは、久しぶりな気がするわ」

思えば、去年は花見どころではなかった。

祖父の体が弱っていくのが目に見えてわかったし、自分がこれからどうなるのか不安で仕方なかった。

でも、今は違う。

菜の花をいなり寿司の隙間に飾る。家の明かりが灯ったような黄色が、心を温かくする。

「世梨。妹の見舞いに行くんだろう？　時間は大丈夫か？」

茶の間の柱時計がふたつ、音を鳴らす。

玄関そばの仕事場から私を呼んだのは紫水様だった。本業が蒐集家《しゅうしゅうか》だからか、先日、紫水様は柱時計をいくつも購入してきた。

その中のお気に入りを茶の間に飾ったけれど、死ぬまで柱時計には困らないと思う。

「今、用意します」

蒼ちゃんは先にお花見会場へ行って、陽文さんと合流し、お花見の準備をする予定だ。

お手伝いとして、蒼ちゃんによく似た白蛇の一族の子たちも来ている。水干姿《すいかん》をした子供たちが玄関前に集まり、とても賑やかだ。

「お花見だって！」

「お花見！」

「お弁当は世梨さまが作ってくれました！」

「わぁ～！　誰かが作ったお弁当を食べるのは初めてです」

蒼ちゃんと水干姿《すいかん》の子たちは、なにをするにも珍しいのか、ワクワクしているのが私にも伝わってくる。

白蛇の子たちはおしゃべりをしながら、私が作ったお弁当や日本酒、梅酒の瓶を荷車に積んでいった。

「それじゃあ、世梨さま。ぼく、お先に出発しますねっ！」

「ええ。蒼ちゃん、気をつけて」

　蒼ちゃんたちを見送ってから割烹着を外し、着物から洋服に着替えた。

　今日着る洋服は仕立ててもらったばかりの青いワンピース。白い襟が付いていて、青色のウエストベルトが腰回りを細く見せ、鏡の前に立つとスタイルがよく見えた。

　手にしたのは、ワンピースと同じ色のリボンで飾られた帽子。それから、レースの手袋とクラッチバッグ、ヒールのある靴を履く。

　洋服には靴を履くものだけど、慣れない靴のせいで玄関を出たばかりのところで、つまずいてしまった。

　そんな私に気づき、紫水様が手を差し出す。

「転ぶなよ」

「す、すみません」

　普段は着物なのに、紫水様は私に合わせて洋服を着ていた。本当は着物を好んでいるのを知っている。

「紫水様。ありがとうございます」

「なんのことだ」

　とぼけてみせたけど、少し恥ずかしそうな顔をしていたから、私のお礼の意味がわかったと思う。

家の前の道路には、千後瀧から呼んだ黒色の自動車が待っていた。

「どうぞ」

いつもと同じ運転手さんがドアを開けてくれた。

以前より態度が柔らかくなった気がする。

運転手さんに会釈し、後部座席へ座ると、そこには風呂敷包みがひとつ置いてあった。

「紫水様。これはなんですか？」

「見舞い品だ」

私に見舞い品を用意しなくていいと言っていたので、なにを持っていくのだろうと思っていた。

今から行く療養所は、花や植木鉢などの植物を部屋に置くことは禁止されていて、飾れるものは限られている。紫水様がなにを用意したのか、わからなかったけれど、なにか意味のあるものに違いない。

自動車が動き出し、窓硝子《まどがらす》越しに近所の街並みを眺めた。

最近、家の近所に銭湯ができた。

継山さんが経営する銭湯だ。

洋風建築の珍しい銭湯が評判となって大繁盛している。二号店、三号店も考えているそうだ。

　今日も行列で、その繁盛ぶりを見た紫水様は露骨にがっかりした顔をした。

「こんなに人が押し寄せるとは思わなかった。貸し切り気分で広い湯船に浸かる予定だったんだがな」

「坂の下にあるお店の奥さんたちも通っているんですよ。真っ白な壁と柱があって、タイルの模様が最新のデザインで垢抜けていて、泉質もいいって褒めていました。お値段が多少高くても通いたいそうです」

　坂の下に行くと、お店の奥さんたちが楽しそうに話して聞かせてくれるものだから、つい多弁になってしまった。

「ふーん」

　紫水様は富士山と松でいいのにと、ぼやいていた。

　銭湯の完成を楽しみにしていた紫水様だけど、出来上がりを見て継山さんに失望したと言っていたのを思い出す。紫水様は失望するくらい富士山と松がお好きなんだと知り、心の中に留め置いた。

「銭湯で継山さんと喧嘩しないでくださいね。この間、男湯の声が女湯にまで聞こえてきましたよ」

「あいつとは相性が悪い。だいたい打掛の行方《ゆくえ》もわからないままだ。まだ信用ならない」

「継山さんは被害者でしょう？　盗まれたって聞きましたけど……」

「そうだ。騒動の中、持ち出されたらしい。鴉の情報網を使って犯人を追わせている。だが、鴉を使っても犯人が捕まらないのが気になる」

配下になったあやかしは主に嘘をつけない。

だから、盗まれたというのは本当で、あの騒動の中、誰かが洋館に忍び込み、どさくさに紛れて打掛だけを盗んだということだ。

龍と鴉に追われるのをわかっているだろうに、心臓の強い大胆な泥棒だと、陽文さんは逆に感心していた。

「私は白無垢を着せていただきましたから。それでじゅうぶんです。それに、これからはウェディングドレスなんていう衣装もあるんですよ」

もうすぐ私は洋裁学校に通い始める。

紫水様は私の入学祝いだと言って、輸入品の高価な足踏みミシンを買ってくれた。

あまりに嬉しくて、こっそり本を読み、古い着物をほどき、洋服らしきものを作ってみたけど、まだまだ練習中で見せられない。

早く男性物のシャツや子供服を仕立てたいけれど、今の私の技術では難しく、早く学校へ通いたくて仕方なかった。

「ウェディングドレスがいいのか？」

「はい。ドレスも作ってみたいです」

「それなら当分、先になるな」

「そうですね。すぐにドレスを作るのは、さすがに難しいと思います。きっと時間がかかる作業ですよね」

「俺が言いたいのはそういう意味じゃなく……」

「え？」

「いや、別に」

紫水様は私から目を逸らし、人間の言葉は難しいとかなんとか言いながら、車の外へ視線をやる。

「紫水様と蒼ちゃんに夏物の浴衣も縫っていますから、楽しみにしていてくださいね」

「浴衣か。浴衣は好きだ」

「はい」

紫水様は濃藍色《こいあい》、蒼ちゃんには明るい瑠璃色の浴衣。目にも涼しい青系の色は夏の暑さを和らげてくれるだろう。

急に機嫌がよくなった紫水様は水墨画の話をしてくれた。

水墨画は祖父から勧められて始めたこと、墨の作り方にはこだわりがあること――そんな話をしながら、車が山道を走ること数十分。

目的の療養所に着く。

空気が綺麗な場所に建てられたという療養所は見舞客の姿はほとんどなかった。黒々しい山の中から、鳥の鳴き声だけが聞こえてくる物寂しい場所だ。

ここで玲花は療養生活を送っている。

玲花は病院へ運ばれたけれど、原因不明の病気として扱われ、一向に改善する様子がないという。一言も口を利くことができず、人形のような状態のまま、変化のない毎日を過ごしている。

魂があるのかないのか――まるで、人間の形をした器だけが残された生きた人形そのもの。それでも、心の奥深くに感情がまだ残っているはずだった。

「今日はなにか反応があればいいのですけど……」

「どうだろうな」

なんとなく、私より紫水様のほうが、玲花の状態を理解しているような気がしていた。

はっきり無理だと言わないところを見ると、感情を取り戻す可能性はあるということだ。

「世梨、悪い。車に見舞いの品を忘れた」

紫水様が療養所の玄関前で足を止めた。

そういえば、座席に置いたままだったような気がする。

「申し訳ありません。気づきませんでした。私も一緒に車へ戻ります」

「いや。世梨は靴に慣れてないだろう？　先に行ってくれ。すぐ追いつく」

「はい……」

確かに私の歩く速度は遅い。

紫水様が車へ戻る姿を眺めて、私は一人、長い廊下を歩き出す。

交通の便がよくない山奥の療養所のせいか、お見舞いに訪れる人は少なく、廊下を歩いているのは私だけだった。

廊下の窓が緑のペンキで塗られていたけれど、湿気で木製の窓枠はボロボロになり、剥げている個所もあった。

それが、余計に物寂しさを感じさせる。

窓の向こうで、桜の木が風に揺れているのが見えた。

――静かでいいと、父は私に言っていたけど、玲花はこんな寂しい場所で毎日を過ごしているの？

山の中にある療養所は日陰が多く、花にはまだ蕾《つぼみ》が残っている。蕾《つぼみ》が残る枝から、視線を歩く方向へ戻すと、廊下の奥から誰かが歩いてくるのが見えた。

それは断髪に着物姿の女性だった。

年頃は私や玲花と同じくらいで、目鼻立ちがくっきりした綺麗な人。着物は大輪の薔薇文《ばらもん》で、彼女の華やかな雰囲気と似合っている。

西洋風のモダンな着物の帯留めは珊瑚《さんご》。レースの半襟は和装であっても違和感がない。

彼女のお洒落《しゃれ》な着こなしは洋服に負けていない。

でも、容姿や服装の着こなし以上に私の目を引いたのは、彼女が手に持っていた着物だった。

畳まれた着物の色は私の記憶を呼び覚まし、首を絞められたような息苦しさを感じた。

「くちなし色の着物……」

玲花が郷戸の家で着ていた着物と同じ色と柄でなかったら、きっと私は気に留めなかった。

私の声が聞こえたのか、すれ違う瞬間、その人は足を止めた。

そして、唐突に声をかけられた。

「あなた、洋裁をなさるんですってね」

まるで、洋裁することを責められたような気がして、すぐに返事ができなかった。

「そう聞いたのだけど、違ったかしら？」

「……いえ。もうじき、洋裁学校へ通う予定です。もしかして、玲花のお友達ですか？」

「ええ、そうね。一応は」

「一応？」

不思議そうに聞き返した私のなにがおかしかったのか、小馬鹿にするような表情を浮かべ、くすりと笑った。

「あなた着物じゃなくて、洋服を着ていらっしゃるの？」

「洋服に憧れていて……それで……」

――もしかして似合ってない？

お洒落《しゃれ》な彼女を前にして不安になった。

窓硝子《まどがらす》に映る私の青いワンピース姿。私は着てみたくて、ずっと自分が憧れていた洋服を着ることができた――それ以上の幸せはない。

自信のない気持ちはすぐに消えた。

「ずっと洋服を着てみたいと思っていたんです。洋服を着たら、すごく気分が軽やかで明るい気持ちになれました」

「……そう。着るものはとても大切よ。着るもので、自分の気持ちも人からの扱いも変わるもの。いいほうにも悪いほうにもね」

「もしかして、玲花に着物を贈った着物作家というのは、あなたですか？」

失礼ながら、不吉な着物だと思ってしまった。誰が玲花にくちなしの着物を贈ったのか気になっていたのだ。

「ええ。わたくしが玲花さんに贈ったの。この着物の作品名は『六条《ろくじょう》のくちなし』というのよ」

私が考えていた通り、源氏物語の六条御息所《ろくじょうのみやすどころ》を表現した着物だった。

「玲花さんに間違えて、この着物をお渡ししてしまったから、返していただいたの」

「間違えて……？」

彼女が言ったように、着るものが人を変えるというのなら、嫉妬心により生霊になった六条御息所《ろくじょうのみやすどころ》を表現した作品を間違えて渡すだろうか。

でももし――もし、私と同じように彼女が変わった力を持っていたなら？

たとえば、身につける物に対して、なんらかの効果を与えるような力。

着ている人の心をよいほうにも悪いほうにも変えられたのなら、嫉妬心を煽ることだって簡単にできる。

私に対する玲花の過剰なまでの嫉妬心に、ずっと違和感があった。

そのせいか、玲花のことを嫌いになれず、『なぜ』という疑問がつきまとっていた。

清睦さんと玲花は違う。玲花は着物作家や画家になりたいという夢を持っていなかったし、両親からも愛されて、可愛いものや綺麗なものに憧れる普通の少女だった。

私を殺したいほどの激しい嫉妬心を持つ理由がなかったのだ。

「あら、そんな怖い顔をしないでちょうだい。これは普通の着物よ」

「そうですよね……」

失礼なことを考えていた自分に気づき、申し訳ない気持ちになった。

最近、私の身の回りにいるのが、人間よりあやかしのほうが多いからか、突拍子もないことを考えてしまう。

「それで、あなたは着物より洋服がお好きなの？」

「着物も好きですけれど、今は洋服に興味があります」

私の返答に彼女は顔を歪めた。

今まで何度か見てきた表情に、私は清睦さんを思い出した。

もしかしたら、着物作家同士の繋がりで、祖父を知っている人なのかもしれない。

「将来のことはわかりませんが、今は洋裁をやってみたいと思っています」

「それを千秋様が望まなくても？」

彼女は祖父を知っていた。

祖父の周りには大勢の人が集まり、亡くなった今も尊敬されている。

祖父と共に仕事をしてきた職人たちは、私に期待して百世を名乗って祖父の跡を継げと言った。けれど、私はすべて断った。

「私は今まで、自分のやりたいことを口にできませんでした。それを口に出すのが、とても悪いことのような気がして……。でも、私の旦那様がミシンを買ってくれたんです。誰よりも祖父の跡を継いでほしいと願っているような方なのに、私の夢を否定しませんでした」

「旦那様……」

ずっと強い口調で話していた彼女が見せた一瞬の間。私が結婚していたとは知らなかったようで、それ以上なにも言わなくなった。

会話はこれで終わり――そう思って、私は彼女に会釈した。

「妹のお見舞いがあるので、これで失礼します」

彼女からの返事はなかった。この時の彼女が、どんな表情をしていたのか前を向いた私には見えなかった。

玲花の部屋に入る頃には、廊下に人の気配はなく、古びた床に桜木の枝の影だけが踊っていた。

窓枠と同じ色の緑のペンキが塗られたドアに私の影が映り、この先に玲花がいる。

返事がないとわかっていても、戸の前でノックをした。

「玲花、入るわね……？」

部屋は個室になっているため、とても静かで、外からの光しかない部屋は薄暗い。

微動だにしない玲花からは衣擦れの音もなく、部屋には春の強い風が窓を叩いた音しか聞こえてこなかった。

「玲花、体調はどう？　さっき、玲花のお友達とすれ違ったのだけど、とても美人で華やかな方だったわ」

明るい声で話しかけたけど、やはり玲花の反応はなかった。

「少しだけ窓を開けましょうか？　とてもいいお天気で、桜の花も咲き始めているのよ」

玲花の目は白いシーツの上に映る葉の影を眺めるだけで、私のほうを見ることはなかった。

近づく足音が聞こえ、紫水様がやってきたのだとわかる。

「悪い。遅くなった」

部屋のドアを数回ノックし、お見舞い品の風呂敷包みを持った紫水様が現れた。

薄暗く殺風景な部屋を眺め、紫水様は私に言った。

「郷戸の両親は？」

「母はたまに来ているみたいです……。辛いのかもしれません」

「そうか」

清睦さんは一度だけ両親とやってきたそうだ。

本性を見抜ける目を持つ清睦さんは、なにか気づいたのか終始無言だったそうで、それ以来、お見舞いに来ていない。

「今日はこれを持ってきた」

紫水様が手にした風呂敷の中から、取り出したのは一枚の振袖だった。

華やかな赤い振袖は年若い女性が着るために作られたものであることが、一目でわかる。

菊、牡丹《ぼたん》、扇文《おうぎもん》などの古典文様を使い、着る者の将来の幸福を願う意味を込めた図案である。そして、鞠《まり》。これは困難があったとしても、丸く収まるという意味を持つ
「名を本宮世梨。雅号を百世。最初で最後の一枚だ」

紫水様は私に落款《らっかん》を見せた。

「紫水様がどうしても欲しかった着物って、もしかして……」

「なんだ。知ってたのか。これを手に入れるため、だいぶ苦労したぞ」

屈託のない笑みを浮かべ、紫水様は言った。

まるで、この着物が必要であることを知っていたかのように、紫水様は持ってきて

くれたのだ。

「この着物は祖父が亡くなる前、私に百世として一枚だけ作ってほしいと頼まれたものです。作るのなら、誰かのために作りたいと思った……」

そして、この着物が完成したら、会って渡そうと決めていた。

「世梨は妹のために作ったのだろう？」

「そうです。でも、叔父夫婦に売り払われてしまって……。紫水様、これをいただいてもよろしいのですか？」

「ああ。俺の本業は蒐集家《しゅうしゅうか》。本来の持ち主に戻すのも仕事のひとつだ」

紫水様はそう言うと、シーツの上に振袖を広げた。

広げられた振袖は殺風景だった部屋を明るくし、花のない部屋に花を咲かせる。

「玲花。渡すのが遅くなってしまって、ごめんなさい。これを受け取ってくれる？」

玲花の手の甲に、自分の右手のひらを重ね、表情のない顔を覗き込んだ。

表情は変わらなくても生きている証拠に、玲花の手は温かい。

重ねた手の甲に、玲花の涙が雨粒のように落ちた。

「玲花……」

返事はなかったけれど、それが精一杯だったのか、玲花は目を閉じた。疲れたのか、そのまま眠ってしまった。

私は玲花を横たえて、そっと着物をかけた。少しでも玲花の心が戻るようにと願って──起こさないよう物音を立てずに、そっと離れ、私と紫水様は部屋から出た。

「着物を喜んでいたぞ」

「本当ですか⁉」

「ああ」

「そうだったら……。そうだったら、すごく嬉しいです」

喜びで声が震えた。

私は他でもない妹の玲花のために作ったのだから、玲花が喜んでくれなければ失敗作だったということだ。

紫水様には私が見えないものも見えている。だから、紫水様の言葉を信じて、私はこれでよかったのだと思うことにした。

「紫水様。着物を手に入れてくださって、ありがとうございました」

「物にも気持ちがある。あいつらも相応《ふさわ》しい場所に戻りたいと願っている。俺はその手助けをしたまでだ」

「蒐集家《しゅうしゅうか》だからですか？」

「そうだ。俺の本業だ」

出会った時から、変わらない答えに、あれが冗談ではなく、本心だったのだと知る。

療養所から出ると、運転手さんが車のドアを開けて待っていた。

「おかえりなさいませ」

「三葉財閥の本邸まで頼む」

「かしこまりました」

療養所を出て、山道を下る頃には夕暮れ色の紅が徐々に山の斜面を染め始め、黒い山の向こうに太陽が沈んでいく。

薄紫色の車内は静かで、穏やかな空気が流れていた。やがて、鬱蒼《うっそう》とした山道の風景は町へ変わり、電灯が規則正しく並ぶ道沿いを車が走る。

美しく舗装された道路の先は小高くなっており、そこには大きなお屋敷があった。お屋敷の庭を飾る提灯がいくつか見える。仄かな光を放つ丸い提灯は夜桜を楽しむためのものだ。

提灯の灯りで照らされた薄紅色の桜が枝を伸ばし、白い雲のように浮かんでいる。

車は坂の下で止まり、私たちを降ろした。

「あっ！　紫水さまと世梨さまが来たぁー！　こっちですぅー！」

坂を歩く私たちを一番に見つけたのは蒼ちゃんで、嬉しそうに両手を振っている。

その後ろでは、陽文さんや大勢の招待客が私たちを待っていた。

賑やかな声が聞こえてくる。

私のスカートの裾が春の夜風になびき、紫水様が微笑み右手を握る。

「俺の妻として、世梨をお披露目したい」

「妻……本物の妻ですか？」

「当たり前だ。嫌でなければだが」

誰よりも強いのに、不安そうな顔をした紫水様に思わず笑ってしまった。

ぬくもりを持った紫水様の手を両手で包み、気持ちが伝わるよう握りしめた。

「あなたの妻になりたいと思っていました」

「そうか」

紫水様は柔らかな灯りに似た笑みを浮かべ、私の手を握り返した。

春灯《しゅんとう》――提灯の淡い灯りが道を照らす。

私とあなたの行く道を。

◉定価：770円（10％税込）　◉イラスト:宵マチ　ISBN:978-4-434-34986-7

迦国あやかし後宮譚《かのくにあやかしこうきゅうたん》
1~5
著 シアノ
皇帝が選んだのはあやかし憑きの少女!?
アルファポリス
第13回
恋愛小説大賞
編集部賞
受賞作
妾腹の生まれのため義母から疎まれ、厳しい生活を強いられている莉珠《りじゅ》。なんとかこの状況から抜け出したいと考えた彼女は、後宮の宮女になるべく家を出ることに。ところがなんと宮女を飛び越して、皇帝の妃に選ばれてしまった！　そのうえ後宮には妖《あやかし》たちが驚くほどたくさんいて……
他国による貴妃誘拐!?秘められた因縁とは――
◉1～3巻定価：726円（10%税込み）
4～5巻定価：770円（10%税込み）
◉Illustration：ポーダー

鬼の御宿の嫁入り狐

［おにのおやどのよめいりぎつね］

1～2

梅野小吹
Kobuki Umeno

出会うはずのなかった二人の、
異種族婚姻譚

アルファポリス第6回キャラ文芸大賞
あやかし賞
受賞作

「その傷ごと、俺がお前を貰い受ける」

鬼の一族が棲まう「織月《ひづき》の里」に暮らす妖狐の少女、縁《より》。彼女は幼い頃、腹部に火傷を負って倒れていたところを旅籠屋の次男・琥珀に助けられ、彼が縁を「自分の嫁にする」と宣言したことがきっかけで鬼の一家と暮らすことに。ところが、成長した縁の前に彼女のことを「花嫁」と呼ぶ美しい妖狐の青年が現れて……？　傷を抱えた妖狐の少女×寡黙で心優しい鬼の少年の本格あやかし恋愛ファンタジー！

◉定価：1巻 726円（10%税込）、2巻 770円（10%税込）　◉Illustration：月岡月穂（1巻）、鴉羽凛燈（2巻）

でも……
たまに頼りになる?

七年付き合った彼氏に振られた帰り道、黒い塊を拾った薫《かおる》。シャワーを浴びせ綺麗にしてみると、その黒い塊は人語を喋る猫であった。薫は、自分のことを猫だと言い張るヘンテコ生物をモドキと名付け、一人と一匹の奇妙な共同生活がスタートする。さらにある日、モドキがきっかけで、猫好きな獣医学生の隣人、柏《かしわ》木《ぎ》と交流が始まり——やたらオヤジ臭い猫(?)に助言をもらいつつ、どん底OLが恋愛に仕事に立ち向かう。ちょっぴり笑えて心温まる、もふゆるストーリー。

◉各定価:770円(10%税込)

◉Illustration:Meij

この作品に対する皆様のご意見・ご感想をお待ちしております。

おハガキ・お手紙は以下の宛先にお送りください。

【宛先】

〒 150-6019 東京都渋谷区恵比寿 4-20-3 恵比寿ｶﾞｰﾃﾞﾝﾌﾟﾚｲｽﾀﾜｰ 19F
（株）アルファポリス　書籍感想係

メールフォームでのご意見・ご感想は右のＱＲコードから、
あるいは以下のワードで検索をかけてください。

アルファポリス　書籍の感想　検索

ご感想はこちらから

アルファポリス文庫

あやかし嫁取《よめと》り婚《こん》
〜龍神《りゅうじん》の契約妻《けいやくづま》になりました〜

椿蛍（つばき ほたる）

2025年 3月 25日初版発行

編　集ー星川ちひろ
編集長ー倉持真理
発行者ー梶本雄介
発行所ー株式会社アルファポリス
〒150-6019 東京都渋谷区恵比寿4-20-3 恵比寿ｶﾞｰﾃﾞﾝﾌﾟﾚｲｽﾀﾜｰ19F
TEL 03-6277-1601（営業）　03-6277-1602（編集）
URL https://www.alphapolis.co.jp/
発売元ー株式会社星雲社（共同出版社・流通責任出版社）
〒112-0005 東京都文京区水道1-3-30
TEL 03-3868-3275
装丁イラストー榊空也
装丁デザインー西村弘美
印刷ー中央精版印刷株式会社

価格はカバーに表示されてあります。

落丁乱丁の場合はアルファポリスまでご連絡ください。

送料は小社負担でお取り替えします。


ISBN978-4-434-35141-9 C0193